Great Expectations

푸른숲
징검다리
클래식
004

위대한 유산

Great Expectations

찰스 디킨스 지음
왕은철 옮김

푸른숲주니어

'푸른숲 징검다리 클래식'을 펴내며

어린 시절, 할머니께서 조근조근 들려주시던 옛날이야기는 새로운 세상과 통하는 작은 창이었다. 상상의 날개를 달고 떠나는 창 너머 세상으로의 여행은 들어도 들어도 질리지 않는 재미와 마음속 깊은 곳을 울리는 감동을 선사해 주곤 했다. 그뿐 아니라 우리의 삶을 어떻게 꾸려 가야 하는지 곰곰이 생각해 보게 하는 지혜를 가르쳐 주었다. 말하자면 우리는 그 이야기들을 통해 '삶'을 배운 셈이다.

우리가 문학 작품을 읽어야 하는 까닭 또한 '삶을 배운다'는 점에서 크게 다르지 않다. 우리는 한 편 한 편의 문학 작품을 만나 사랑을 배우고, 우정을 배우고, 진실을 배우고, 지혜를 배운다.

그런 점에서 '푸른숲 징검다리 클래식'은 참 의미가 깊다. 오랜 세월을 거치며 각 나라의 문학사에 확고히 자리매김한 작품들을 한데 모았기 때문이다. 문학을 사랑하는 사람들이 즐겨 읽어 세계적인 명저로 일컬어지는 작품들…… 이를테면 우리 부모 세대, 아니 그 이전 세대부터 즐겨 읽었던 작품들로 많은 이들에게 삶의 의미와 가치를 일러주고, 또 '인생'이란 망망대해에서 등대 역할을 담당했던 것들이다.

세월이 흘러 사람들이 사는 모습도 달라지고 생각도 달라졌다. 그러나 시대와 장소를 뛰어넘어 변하지 않는 것이 있다. 바로 '삶' 이다. 사람이 있는 곳이라면 어디든지 존재하는 삶은 항상 저마다 의 무게를 떠안고 있다. 그 무게는 진실이라는 옷을 입고 문학 작품 속에 영원한 생명을 불어넣는다. 우리는 그것을 '고전'이라 부른다.

그러나 제아무리 훌륭한 고전이라 해도 독자가 읽고 소화할 스 없다면 아무런 소용이 없다. 지나치게 방대한 분량과 길고 어려운 문장은 책을 읽으려는 청소년들의 의지를 꺾을 뿐 아니라 좌절감 마저 불러일으킨다.

'푸른숲 징검다리 클래식'은 바로 그러한 점을 염두에 두고 기획 된 세계 명작 시리즈이다. 작품이 본디 지닌 맛과 재미를 고스란히 살리면서 우리 청소년들이 읽고 소화하기 쉽게 글을 다듬었다.

그리고 본문 뒤에는 현직 국어 교사들이 직접 쓴 해설을 붙였다. 작가나 작품에 대한 풍부한 설명은 물론, 그 작품들이 지니고 있는 현재적 의미까지 상세하게 짚어 보이고 있다. 아울러 해설 곳곳에 관련 정보를 담은 팁과 시각 자료를 배치해, 읽는 재미를 넘어 보는 재미까지 만끽할 수 있도록 했다.

아무쪼록 '푸른숲 징검다리 클래식'을 통해 우리 청소년들의 삶 이 더욱더 깊고 풍성해지기를……

2006년 4월
기획위원 강혜원·계득성·전종옥

| 차례 |

제 1 장
어린 도둑

내 이름은 핍이다. 하지만 그것이 정확한 내 이름인지는 사실 알 수 없다. 아버지의 성은 피립이었고 내 세례명은 필립인데, 어린 나로선 '핍'보다 더 길거나 분명하게 발음할 수 없었다. 그래서 스스로를 핍이라고 불렀고, 사람들도 덩달아 나를 그렇게 불렀다.

내겐 부모님에 대한 기억이 전혀 없다. 그분들은 너무 일찍 돌아가셨다. 그래서 나는 묘비에 새겨진 글자 모양을 보며 부모님의 생김새나 성격이 어떠했을지 상상하곤 했다. 실은 아버지의 성이 피립이었다는 사실도 묘비를 보고 알게 된 것이다.

내가 살던 마을은 강을 낀 늪지대에 있었다. 바다에서 무려 산십 킬로미터나 떨어진 곳이었다. 그곳에서 누나는 조 가저리라는 시골 대장장이와 결혼해 '가저리 부인'으로 살고 있었다. 다행히도 나는 매형인 조의 배려로 누나 집에 얹혀살았다.

그 마을을 생각할 때면 또렷이 떠오르는 기억이 하나 있다. 빛이 느린 걸음으로 지평선 위를 지나던 어느 눅눅한 저녁이었다. 바람이 유난히도 많이 불던 그날, 나는 웃자란 풀로 뒤덮인 교회 묘지에 서 있었다. 그곳에는 아버지와 어머니, 그리고 너무 일찍 세상을 등진 다섯 형제가 나란히 잠들어 있었다.

교회 건너편에는 늪지대가 있었고, 그 뒤로 낮게 펼쳐진 지평선을 따라 강이 흐르고 있었다. 나는 알고 있었다. 바람은 저 멀리 야생 동물들의 소굴에서 불어온다는 것을. 또 그 너머에는 끝을 알 수 없는 드넓은 바다가 펼쳐져 있다는 사실을. 문득 무섭다는 생각이 들었다. 나는 바닥에 쪼그려 앉아 몸을 동그랗게 만 채 훌쩍거리기 시작했다.

그때였다. 누군가 무덤 사이에서 벌떡 일어나 낮은 목소리로 이렇게 말했다.

"찍소리 말고 가만히 있어! 요 악마 같은 놈. 소리 지르면 네놈 목을 잘라 버릴 테다."

얼핏 봐도 험상궂은 사내였다. 후줄근한 잿빛 옷을 걸친 사내는 발목에 굵은 족쇄를 차고 있었다. 또 머리에는 모자 대신 더러운 천을 칭칭 동여매고 있었다. 신고 있는 신발도 몹시 낡아 보였다. 진창에서 뒹굴었는지 온몸은 진흙투성이였고, 가시에 찔리고 긁힌 두 다리는 보기에도 섬뜩했다.

그가 투박한 손으로 내 턱을 덥석 움켜쥐었다. 공포에 질린 나는 떨리는 목소리로 애원했다.

"소리 지르지 않을게요, 아저씨. 제발 살려 주세요."

"너 이름이 뭐냐?"

"피, 핍이에요."

"더 크게!"

"핍이요. 핍이에요, 아저씨."

"어디 살아?"

나는 걸어서 삼십 분 거리에 있는 우리 마을 쪽을 손가락으로 가리켰다. 사내는 그런 나를 아래위로 쓰윽 훑어보고는, 내 작은 몸을 번쩍 들어 거꾸로 세웠다. 그러자 호주머니에 들어 있던 먹다 남은 빵 한 조각이 바닥에 떨어졌다. 사내는 그것을 주워 허겁지겁 입안에 구겨 넣더니 이상한 소리를 내며 씹기 시작했다. 빵 조각을 단숨에 먹어 치운 뒤, 그가 혀로 자기 입술을 핥으며 말했다.

"요 강아지 같은 놈! 볼때기가 제법 토실토실하구나!"

당시 나는 나이에 비해 몸집이 작고 마른 편이었지만, 그나마 볼에는 살이 붙어 있었던 모양이다.

"엄마 아빠는 어디 가고, 너 혼자 이러고 있어?"

나는 부모님이 잠들어 있는 무덤을 가리켰다.

"그럼 지금 누구랑 사나?"

나는 대장장이인 매형, 그리고 그와 결혼한 누나와 함께 살고 있다고 대답했다.

'대장장이'라는 말에 사내의 눈이 반짝, 빛났다. 그는 자신의 다리와 내 얼굴을 번갈아 쳐다보았다. 그러고는 내 양 어깨를 꽉 움켜쥐고 말했다.

"잘 들어야 한다. 네놈 목숨이 걸린 일이니까. 너, 줄칼이 뭔지 알지?"

"쇠를 자를 때 쓰는 칼 말인가요?"

"그래. 제법 똑똑하구나."

줄칼이라면 조의 대장간에서는 발에 채일 만큼 흔한 물건이었다.

"그럼 먹을 게 뭔지도 알겠구나. 음식 말이다."

나는 고개를 끄덕거렸다.

"좋아. 내일 아침까지 줄칼과 먹을거릴 가지고 와. 안 그러면 네놈 심장과 간을 빼 먹을 테다. 알겠냐?"

그는 듣기만 해도 소름이 돋는 무시무시한 말들을 거침없이 내뱉었다.

"네가 오늘 일을 아무한테도 말하지 않는다고 약속하면 살려 주마. 저기 저쪽에 나 말고도 한 사람이 더 숨어 있어. 힘이 무지 센 젊은 친구지. 그 친구에 비하면 나는 양반이라고. 지금도 우리가 하는 말을 엿듣고 있을걸? 너, 조심해야 돼. 그 친군 특히 너 같은 어린애를 붙잡아 심장을 끄집어내는 비상한 재주가 있거든. 사실 지금도 그 친구가 널 해칠까 봐 내가 망을 봐 주고 있는 거야. 자, 어떻게 할 테냐?"

입술이 저절로 떨렸다. 겁을 잔뜩 집어먹은 나는 대답 대신 고개를 크게 끄덕였다.

사내는 주위를 한번 살피고는 무덤 사이를 절름거리며 걸어갔다. 그러고는 불편한 다리를 겨우 치켜들어 낮은 교회 담을 넘은 다음 뒤를 돌아보았다. 아마도 나를 찾는 것 같았다.

나는 있는 힘을 다해 집 쪽으로 뛰기 시작했다. 얼마나 지났을까. 달리기를 멈추고 뒤를 돌아보았을 때, 그는 더 이상 보이지 않았다. 강가에 우뚝 서 있는 등대와 교수대만이 어둠 속에서 희미하게 제 몸을 드러내고 있었다. 문득 그가 교수대로 걸어가고 있을지도 모른다는 생각이 들었다. 갑자기 모든 게 무서워졌다.

나는 사내가 말한 또 한 명의 남자가 근처에 숨어 있지는 않나, 조심스레 사방을 둘러보았다. 다행히 아무도 없는 것 같았다. 일분 일초도 더 머물러 있고 싶지 않았다. 나는 뒤 한번 돌아보지 않고 집을 향해 내달렸다.

가까스로 집에 도착했을 때, 조의 대장간은 굳게 닫혀 있었다.

나는 대장간과 나란히 붙어 있는 집 안으로 들어갔다. 부엌 한 구석에 우두커니 앉아 있는 조의 모습이 보였다.

나의 매형 조 가저리. 그는 윤기 나는 연갈색 머리카락과 푸른 눈을 가진 아주 잘생긴 남자였다. 워낙 말수가 적어 다소 어수룩해 보이기도 했지만, 그 누구보다 착한 마음씨를 지닌 사람이었다. 그에 비해 누나는 얼굴도 마음씨도 결코 아름답지 않았다. 분명 누나가 매형을 꼬드겨서 결혼했을 것이다.

누나와 나는 스무 살 터울이었다. 어린 동생을 자기 '손으로' 직접 키웠다는 이유로, 누나는 이웃들에게 평판이 좋았다. 물론 누나의 손은 누군가를 키우기에 딱 좋을 만큼 단단하고 두툼하긴 했다. 하지만 문제는 누나가 그 손으로 걸핏하면 손찌검을 한다는 데 있었다. 심지어 남편인 조에게까지 말이다. 그런 누나를 사람들은 왜 칭찬하는 것일까. 어린 나로선 도무지 이해할 수 없었다.

"누나가 널 찾으려고 자그마치 열두 번이나 나갔다 왔어. 그리고 지금 막 열세 번째로 나갔지. 이번에는 회초리까지 들었다고. 정말 조심해야 돼."

조가 걱정스러운 표정으로 나를 바라보며 나지막이 말했다.

"나간 지 오래됐어요?"

"한 오 분쯤? 어, 누나 온다! 핍, 얼른 숨어."

나는 재빨리 문 뒤로 몸을 숨겼다. 그러나 역시 누나는 나보다

한 수 위였다. 문틈에서 나를 끌어내더니 손에 든 회초리를 마구 휘두르기 시작했다. 그리고 급기야는 나를 번쩍 들어 조에게 던져 버렸다. 조는 일단 나를 안전하게 받은 다음 벽난로 쪽으로 데려갔다. 그러고는 누나를 등진 채 나를 온몸으로 감싸 안았다. 화가 머리끝까지 치민 누나는 발을 구르며 소리를 고래고래 질러 댔다.

"이 원숭이 같은 놈! 지금까지 어딜 싸돌아다닌 거야? 내 애간장을 다 태워 먹기로 작정했어? 어디서 뭘 했는지 당장 얘기해! 안 그러면 밤새 두들겨 팰 테니까. 너 같은 놈 오십 명, 아니 네 매형 같은 인간 오백 명이 막아도 소용없어."

나는 뺨을 타고 흐르는 눈물을 손등으로 훔쳤다. 그리고 다 기어 들어가는 목소리로 말했다.

"교회 묘지에 갔다 왔어요."

"뭐? 교회 묘지? 넌 나 아니었으면 일찌감치 그곳에 묻혔을 팔자야. 알기나 해? 대장장이 마누라 노릇도 지겨워 죽겠는데 네 엄마 노릇까지 해야 하니? 난 너무 힘들다고. 이 지긋지긋한 앞치마를 단 하루라도 벗고 싶단 말이다!"

귀에 딱지가 앉도록 들어 온 말이었다. 나는 누나의 신세타령을 귓등으로 흘려 듣는 대신 줄칼과 먹을 것을 어떻게 훔쳐야 할지 고민하기 시작했다. 그러는 동안에도 누나의 악다구니는 계속되었다.

"흥! 교회 묘지라고? 당신은 이 말을 어떻게 생각해? 하긴 물어본 내가 바보지. 아마 내가 없으면 둘은 최고의 단짝이 될 거야! 한심한 것들."

누나는 애써 흥분을 가라앉히고 나서야 회초리를 제자리에 갖다 놓았다. 그러고는 차를 끓였고, 빵과 버터를 꺼냈다. 누나는 아주 두껍게 자른 빵에 버터를 바르고 나서, 다시 그것을 두 조각으로 잘랐다. 한쪽은 조의 것, 다른 쪽은 내 것이었다.

배가 무척 고팠지만 도통 먹을 엄두가 나지 않았다. 늪에서 만난 무서운 사내와, 그보다 훨씬 더 무섭다는 젊은 남자에게 줄 것을 챙겨야 했기 때문이다. 나는 조가 안 보는 틈을 타 내 몫의 빵을 얼른 바짓가랑이에 숨겼다.

조는 내 빵이 순식간에 사라진 걸 보고 큰 충격을 받은 듯했다. 배가 고픈 나머지 내가 그걸 한입에 꿀꺽 삼켜 버렸다고 생각한 모양이었다. 누나도 같은 생각을 했는지, 타르(tar, 목재나 석탄 따위에서 얻어낸 갈색 내지 흑색의 짙은 점액. 목타르, 콜타르 등이 있으며, 콜타르는 주로 도로 포장에 쓰인다.—옮긴이) 물을 소화제로 먹어야 한다고 바득바득 우겼다. 나는 한사코 거부했지만 소용없는 일이었다. 누나는 타르 물 한 숟가락을 기어이 내 목구멍에 쏟아 붓고서야 만족스런 표정을 지었다. 고약한 냄새가 입 안 가득 퍼졌다.

나는 저녁을 먹고 나서도 곧장 방으로 가지 못하고 이것저것

잔일을 거들어야 했다. 그래서 빵이 바지 밖으로 튀어나오지 않도록 일하는 내내 신경을 곤두세워야 했다.

그날은 유난히 해야 할 일이 많았다. 크리스마스 전날 밤이기 때문이었다. 나는 무려 한 시간이나 푸딩을 저은 다음에야 벽난로 앞에 앉아 숨을 돌릴 수 있었다. 그때 어디선가 대포 소리가 들렸다.

"무슨 일이죠?"

나는 조에게 물었다.

"또 죄수가 도망친 모양이네. 저 소리는 탈옥수를 조심하라는 신호거든. 어젯밤에도 감옥선에서 죄수 하나가 도망쳤다고 하던데……."

나는 죄수며 감옥선에 대해서 이것저것 물어보았다. 그러자 옆에 있던 누나가 버럭 화를 냈다.

"도둑이나 살인자 같은 못된 인간들이나 감옥선에 갇히는 거야. 그런데 그런 인간들은 하나같이 쓸데없는 질문을 해 대는 나쁜 버릇이 있다지? 바로 너처럼 말이야. 그러니 감옥선에 갇히기 싫으면 너도 그만 종알거리고 가서 잠이나 자!"

그날따라 좁고 어두운 내 다락방이 더 답답하고 무섭게 느껴졌다. 누나의 말에 따르면, 나는 분명히 감옥선으로 갈 팔자였다. 나는 너무 많은 질문을 했고, 먹을 것을 훔쳤으며, 게다가 뭔가를 더 훔치려고 마음먹고 있기 때문이었다. 나는 무서운 꿈에 시달리느라 밤새 잠을 설쳤다.

드디어 날이 밝았다. 나는 까치발을 하고 살금살금 아래층으로 내려갔다. 낡은 나무 계단이 심하게 삐걱거렸다. 내 귀에는 그 소리가 마치 '이 도둑놈, 그만두지 못해!', '가저리 부인, 어서 일어나세요!'라고 말하는 것처럼 들렸다.

부엌에는 먹을거리로 그득했다. 모두 크리스마스 덕분이었다. 이것저것 고를 여유가 없었다. 나는 손에 집히는 대로 보자기 안에 쑤셔 넣기 시작했다. 우선 딱딱한 빵과 치즈 한 조각, 설탕에 절인 과일, 살점이 별로 없는 뼈다귀 하나를 훔쳤다. 또 약간의 위스키(나는 따라 낸 위스키만큼 타르 물을 술병에 채워 두었다.)와 돼지고기 파이도 훔쳤다.

사실 돼지고기 파이를 훔칠 생각은 없었다. 다만 선반 위에 놓인 질그릇에 무엇이 들어 있나 궁금해 열어 보았다가 우연히 발견한 것뿐이었다. 나는 그 파이가 당장 먹을 게 아니기를 바랐다.

마지막으로 나는 조가 쓰는 줄칼 하나를 챙긴 뒤 밖으로 나갔다. 그리고 늪을 향해 달리기 시작했다.

제 2 장

늪지대의 두 남자

서리가 내려 몹시 축축한 아침이었다. 안개가 자욱한 늪지대
는 어딘지 모르게 음산한 분위기를 풍기고 있었다. 안개 속에서
언뜻언뜻 제 몸을 드러내는 도랑과 강둑이 나를 노려보며 '도둑
놈이다! 붙잡아라!'라고 아우성치는 것 같았다. 들판에서 한가
로이 풀을 뜯고 있던 소마저도 머리를 휘두르며 내 행동을 나무
라는 것처럼 보였다. 나는 그 옆을 잰걸음으로 지나가며 혼잣갈
로 중얼거렸다.

"용서해 주세요. 내가 먹으려고 훔친 게 아니에요."

나는 늪지대를 지나 강을 향해 내달렸다. 새벽의 서늘한 기운
이 발바닥을 타고 올라왔다. 마치 족쇄를 찬 것처럼 발목이 시

렸다.

나는 약속 장소로 가는 길을 잘 알고 있었다. 하지만 짙은 안개 때문에 그만 길을 잘못 들어 엉뚱한 곳으로 가고 말았다. 그래서 강변을 끼고 다시 되돌아와야만 했다.

마침내 도랑을 건너 둔덕으로 기어올랐을 때, 사내가 등을 진 채 앉아 있는 모습이 눈에 들어왔다. 그는 팔짱을 낀 채 꾸벅꾸벅 졸고 있었다. 나는 속으로 생각했다.

'내가 약속을 지켰다는 걸 알면 무척 기뻐하겠지?'

나는 조용히 다가가 사내의 어깨에 살짝 손을 올렸다. 순간 소스라치게 놀란 그가 몸을 벌떡 일으켰다. 그의 얼굴을 정면으로 맞닥뜨린 나는 하마터면 소리를 지를 뻔했다. 나를 협박하던 그 사내가 아니었다.

그런데 이 남자 역시 후줄근한 잿빛 옷을 입고 있었고, 발목에는 족쇄를 찬 채 몸을 덜덜 떨고 있었다. 꼴이 영락없이 전날 만난 사내와 똑같았다. 다른 점이 있다면 얼굴 생김새뿐이었다.

남자는 알아들을 수도 없는 욕을 해 대면서 주먹을 크게 휘둘렀지만, 나를 맞히지는 못했다. 오히려 몇 번의 헛손질에 자신이 넘어질 뻔했다. 그는 제 힘에 못 이겨 몸을 휘청거리다가 안개 속으로 냅다 달아나 버렸다.

'저자가 바로 사내가 말한 그 젊은 친구구나!'

비로소 그의 정체를 눈앞에서 확인하고 나니, 바늘로 콕콕 찌

르는 것처럼 가슴이 쑤시고 아파 왔다.

　나는 그 뒤로도 한참 동안 안개 속을 헤매다가 가까스로 약속 장소에 다다랐다. 사내는 추위에 떨며 나를 기다리고 있었다. 배 고픈 기색이 역력했다. 내가 보자기에서 먹을거리를 꺼내자마 자, 그는 손에 집히는 대로 입속에 쑤셔 넣었다.

　"병에 든 건 뭐지?"

　사내가 음식을 우물거리다 말고 물었다.

　"위스키요."

　내 말이 떨어지기가 무섭게 사내는 병을 낚아챘다. 그러나 손 이 심하게 떨려 병 주둥이를 입에 제대로 갖다 대지 못했다. 그 런 그의 모습이 조금 안쓰럽게 느껴졌다.

　그는 열심히 먹다가도 가끔씩 주위 소리에 귀를 쫑긋 세웠다. 특히 강 쪽에서 부스럭거리는 소리가 나거나, 습지 동물들의 숨 소리만 들려도 깜짝깜짝 놀랐다.

　"누가 따라오진 않았겠지?"

　사내가 의심어린 눈초리로 물었다.

　"네, 저 혼자 왔어요."

　"혹시 누구한테 얘기한 거 아니야?"

　"아무한테도 얘기하지 않았어요."

　"그래, 널 믿겠다. 어린놈이 나처럼 불쌍한 사람을 속이면 안 되지. 암, 안 되고말고. 만약 그렇다면 너는 진짜 나쁜 놈이야."

나는 게걸스럽게 음식을 먹어 치우는 그를 바라보면서, 젊은 남자의 몫도 조금은 남겨야 하지 않겠냐고 조심스레 물었다.

"걱정마라. 그 친군 음식 같은 건 먹지 않으니까."

그는 피식 웃음을 흘리고는 다시 먹는 일에 집중했다.

"제가 보기엔 그렇지 않던데요? 무척 배고파 보였어요."

그러자 그가 놀란 눈빛으로 나를 쳐다보며 물었다.

"그 사람을 봤어? 언제?"

"좀 전에요. 저는 아저씨인 줄 알았어요. 옷도 똑같은 데다가, 그 사람도 아저씨처럼 발목에 쇠사슬을 차고 있었거든요."

"어디서 봤어?"

나는 그 젊은 남자를 만났던 곳을 손으로 가리켰다. 그러고는 어제 또 다른 죄수 하나가 탈출했다는 대포 소리가 났다고 말해 주었다.

내 말을 듣고 난 사내가 다그치듯 물었다.

"어떻게 생겼는지 말해 봐. 특징 같은 거 말이야."

"상처……, 왼쪽 뺨에 상처 자국이 있었어요."

"그놈, 지금 어디 있어?"

나는 그가 달아난 방향을 일러주었다. 그러자 사내는 먹다 남은 음식을 허겁지겁 옷 속에 쑤셔 넣었다. 그러고는 내게서 줄칼을 받아 들고 젖은 풀 위에 앉아 미친 사람처럼 쇠사슬을 자르기 시작했다. 사내의 다리에서 붉은 피가 흘렀다.

갑자기 돌변한 그의 모습에, 나는 왠지 모를 무서움을 느꼈다.

"전 그만 가 봐야겠어요."

그는 내 말을 듣지 못한 듯 열심히 줄칼만 움직였다. 나는 날카로운 쇳소리를 들으며 슬금슬금 그 자리를 빠져나왔다.

집으로 돌아가는 길이 유독 멀게 느껴졌다. 사내의 손아귀에서 벗어났지만, 별로 기쁘지는 않았다. 경찰관이 나를 붙잡아 가려고 집에서 기다리고 있을 것만 같아서였다.

누나는 크리스마스 오찬을 준비하느라 집 안 곳곳을 바삐 돌아다니고 있었다. 조는 부엌 문간에 우두망찰 서 있었다. 아직 음식이 없어진 사실을 모르는 것 같았다. 다행히 경찰관도 보이지 않았다.

"넌 아침부터 어딜 그렇게 싸돌아다녀?"

누나의 크리스마스 인사였다. 조는 누나 몰래 두 손가락으로 가위 모양을 만들어 보였다. 그건 누나가 화가 나 있다는 우리 둘만의 비밀 신호였다. 나는 알았다는 표시로 한쪽 눈을 찡긋거렸다.

크리스마스 오찬에는 절인 돼지고기 다리와 푸릇푸릇한 채소, 그리고 속을 푸짐하게 채운 닭고기 등이 올라올 예정이었다. 커다란 파이는 어제 아침에 이미 만들어 놓았고, 푸딩은 벌써부터 부글부글 끓고 있었다. 덕분에 조와 나는 아침을 대충 대워야 했다. 크리스마스 아침을 설거지 따위로 시작할 순 없다는 누나의 생각 때문이었다.

우리가 빵 조각으로 끼니를 때우는 동안, 누나는 깨끗하게 손질해 놓은 흰색 커튼을 창문에 달았다. 그러고는 통로 맞은편에 있는 작은 거실로 가서 가구들을 덮고 있던 덮개를 벗겨 냈다. 그러자 일 년 내내 잠자고 있던 가구들이 반들반들한 제 모습을 드러냈다. 모든 게 크리스마스이기 때문에 가능한 일이었다.

누나는 누가 봐도 깔끔한 주부였다. 하지만 누나의 그런 깔끔함엔 더러운 먼지보다 더 사람을 불편하게 만드는 구석이 있었다. 그래서 누나가 유난히 깔끔을 떨면 떨수록, 나는 더 두렵고 불안해졌다. 누나는 오찬 준비로 바빴기 때문에, 조와 나 둘이서만 교회에 갔다.

누나는 평소 친하게 지내던 마을 사람들을 점심 식사에 초대했다. 교회 서기인 웝슬 씨, 목수인 허블 씨와 그의 부인, 자기 마차를 갖고 있을 정도로 잘사는 곡물상 펌블추크 아저씨(조의 친척 아저씨였지만 누나는 한사코 자기 아저씨라고 우겼다.)가 바로 그들이었다.

조와 내가 교회에서 돌아왔을 때는 식사 준비가 완벽하게 되어 있었다. 누나는 어느새 새 옷을 차려입고 있었고, 늘 빗장이 단단히 걸려 있던 현관문은 손님을 맞이하기 위해 활짝 열려 있었다. 나는 누나의 눈치를 살폈다. 다행히도 음식이 없어졌다는 말은 나오지 않았다.

약속 시간이 되자 손님들이 하나둘 도착하기 시작했다. 나는 점점 더 불안해졌다. 평소 나를 괴롭히는 일이 취미인 펌블추크 씨가 나타날 땐 더욱 그랬다. 펌블추크 씨는 몸집이 크고 동작이 느릿느릿한 중년 남자였는데, 헐떡이듯 숨을 쉬는 입 모양이 꼭 못생긴 물고기 같았다. 눈은 흐릿하고, 모래 빛깔의 머리칼은 언제나 곧추 서 있었다.

펌블추크 씨가 누나에게 포도주 두 병을 건네며 말했다.

"부인, 이 기쁜 날을 축하하기 위해 제가 가져왔습지요. 부인, 백포도주 한 병을 가져왔습지요. 아! 부인, 또 적포도주도 한 병 가져왔습지요."

그는 크리스마스 때마다 포도주 두 병을 선물로 가져왔고, 매번 똑같은 말로 생색을 냈다. 물론 누나의 입에서도 똑같은 감사 인사가 터져 나왔다.

"어머, 아저씨! 친절도 하셔라!"

그러면 그는 작년과 토씨 하나 다르지 않은 말로 인사치레를 했다.

"부인이 제게 해 준 것에 비하면 아무것도 아니지요. 그래, 모두 잘 지내고 있나요? 서푼짜리는 요새 어때요?"

'서푼짜리'는 나를 일컫는 말이었다.

부엌에서 식사를 마친 우리는 후식을 먹기 위해 거실로 자리를 옮겼다. 오늘따라 누나는 상당히 유쾌해 보였다.

나는 그 자리가 몹시 불편했다. 그건 내가 음식을 훔친 사실과는 아무런 상관이 없었다. 또 내가 가슴까지 닿는 뾰족한 식탁 모서리에 끼어 앉아 있어서 펌블추크 씨의 팔꿈치가 내 눈에 닿기 때문만도 아니었다. 대화에 껴 주지 않아서는 더더욱 아니었다. (사실 나는 그들과 단 한마디도 하고 싶지 않았다.) 나한테 뼈만 남은 닭다리나 제일 맛없는 부위의 고기만을 주어서도 아니었다. 맹세컨대, 진짜 그런 건 아니었다.

나는 그들이 나를 가만히 내버려 두기만을 진심으로 바랐다. 하지만 심보 고약한 그들이 나를 절대 그냥 내버려 둘 리 없었다. 이따금씩 나한테 화제를 돌려 뭔가를 꼬집지 않으면 마치 절호의 기회를 잃은 것처럼 속상해했다.

그들의 본격적인 공격은 저녁을 먹으려고 자리에 앉은 순간 시작됐다. 웝슬 씨는 우리가 모든 일에 감사할 줄 알아야 한다는 말로 짧은 기도를 끝냈다. 그 기도를 들은 누나는 나한테 눈을 고정시키고 낮은 목소리로 말했다.

"너, 들었지? 항상 감사해야 해."

그러자 그새를 못 참고 펌블추크 씨가 끼어들었다.

"특히 너는 누나한테 감사해야 한다. 알았냐?"

다음 차례는 허블 부인이었다. 그녀는 나를 못마땅한 눈초리로 바라보며 이렇게 말했다.

"요즘 애들은 도무지 고마워할 줄을 모른다니까요."

조의 위치나 영향력은 다른 사람들과 함께 있는 자리에서 더욱 약해졌다. 하지만 그는 언제나 자신만의 방식으로 나를 도와주고 위로해 줬다. 예를 들면, 밥을 먹을 때 고기 국물을 나한테만 더 덜어 준다든가 하는 식이었다. 때마침 오늘은 국물이 아주 많았다. 그래서 조는 내 그릇에 그걸 듬뿍 덜어 주었다.

조는 계속해서 고기 국물을 내게 덜어 주었다. 그건 나에 대한 그들의 공격이 노골적으로 시작되었다는 것을 의미했다.

"부인, 이 애는 참 골칫덩어리였죠?"

허블 부인이 동정하듯 누나에게 물었다. 그러자 누나는 기다렸다는 듯 내가 아팠던 일, 나 때문에 잠 못 이뤘던 날들, 내가 높은 곳에서 떨어져 굴렀던 곳 등을 시시콜콜 늘어놓았다. 그러고는 그렇게 다쳐도 내가 죽지 않고 끝끝내 자신을 괴롭히고 있다며 긴 한숨을 내쉬었다.

갑자기 누나가 펌블추크 씨를 보고 말했다.

"아저씨, 위스키 좀 드세요."

드디어 올 것이 오고야 말았다! 위스키를 마시는 순간, 그는 맛이 이상하다는 걸 알아차릴 것이고, 그 사실을 분명 입 밖으로 내뱉을 것이고, 그러면 나는 끝장이었다. 나는 두 손으로 식탁보 안쪽에 있는 식탁 다리를 꼭 붙든 채 몸을 부들부들 떨었다.

누나는 병을 들고 와서 위스키를 따랐다. 다른 사람들은 정중

히 사양했다. 펌블추크 씨만이 잔을 들고 불빛에 비춰 본 뒤 식
탁에 내려놓았다. 그 모습을 지켜 보고 있자니 속이 까맣게 타
들어 가는 것만 같았다. 누나와 조는 파이와 푸딩을 갖다 놓기
위해 식탁을 치우고 있었다. 나는 두 손과 두 발로 식탁 다리를
꼭 붙들고 있었다. 물론 펌블추크 씨에게서는 절대 눈을 떼지
않았다.

잠시 뒤 그가 잔을 들었다. 그리고 우둔한 미소를 띤 채 고개
를 뒤로 젖히고는 위스키를 단숨에 마셨다. 나는 두 눈을 질끈
감았다. 앞으로 벌어질 상황은 불 보듯 뻔한 일이었다. 그는 잔
을 내려놓자마자 벌떡 일어나더니 심하게 기침을 해 댔다. 그러
고는 식탁 주위를 몇 바퀴 돌고는 밖으로 뛰쳐나갔다.

그 광경을 본 사람들은 어안이 벙벙한 표정으로 서로를 쳐다
보았다. 나는 창문을 통해 그의 모습을 지켜보았다. 그는 아주
끔찍한 표정으로 연방 기침을 해 댔다. 마치 정신이 나간 사람
같았다.

누나와 조가 부리나케 밖으로 뛰어나갔다. 나는 여전히 식탁
다리만 꽉 붙들고 있었다. 어떻게 해서 그렇게까지 됐는지는 모
르겠지만, 그가 고통스러워하는 것이 마치 내 탓 같았다.

"타르!"

그것이 가까스로 정신을 차리고 들어온 그가 의자에 털썩 주
저앉으며 처음 내뱉은 말이었다. 누나가 놀라서 소리쳤다.

"타르라고요? 지금 타르라고 하셨어요? 세상에! 그런 게 어떻게 거기 들어갔지?"

펌블추크 씨는 뜨거운 물에 진(gin, 증류주의 한 종류. 옥수수, 보리, 밀을 원료로 한 양주—옮긴이)을 타서 가져다 달라고 부탁했다. 다행히 누나는 나를 의심하는 것 같진 않았다. 다만 황당하다는 표정을 짓고서 진과 뜨거운 물, 그리고 설탕을 가져와 한데 섞기 시작했다. 그 덕분에 나는 잠시나마 위기를 모면할 수 있었다.

모든 것이 다시 제자리로 돌아왔다. 나도 식탁 다리에서 손을 떼고 다른 사람들처럼 푸딩을 먹을 수 있게 되었다. 누나의 응급 처방 때문이었는지는 몰라도, 펌블추크 씨도 조금씩 안정을 되찾아가는 듯 보였다. 그러자 누나가 활짝 웃으며 손님들에게 말했다.

"마지막으로 맛보셔야 할 게 있어요. 펌블추크 아저씨가 가져오신 훌륭한 포도주에 곁들이면 정말 끝내주는 맛일 거예요!"

굳이 맛봐야 하다니! 꼭 그럴 필요가 있을까! 나는 마음속으로 그렇게 외치며, 식탁 다리를 다시 꽉 움켜쥐었다. 누나가 한껏 목소리를 높여 말했다.

"파이랍니다. 너무너무 맛있는 돼지고기 파이요!"

"오! 기대되는걸요. 그럼 파이를 한 쪽씩 먹어 볼까요?"

기분이 좋아진 펌블추크 씨가 말했다. 나는 부엌 선반으로 가는 누나의 발자국 소리를 차마 들을 수가 없었다. 펌블추크 씨가 입맛을 다시며 나이프를 바로 놓는 모습이 보였다. 더 이상 참을 수 없었다. 지금이 도망칠 수 있는 마지막 기회였다. 나는 붙들고 있던 식탁 다리를 놓는 동시에 자리에서 벌떡 일어났다. 그러고는 집 밖을 향해 죽어라 달렸다.

하지만 나는 겨우 문 앞까지밖에 갈 수 없었다. 총을 든 군인들과 부딪쳤기 때문이었다. 그들 가운데 한 사람이 내게 수갑을 내밀며 말했다.

"여기 있네! 여기 있어!"

갑작스런 군인들의 등장에 손님들은 우왕좌왕하기 시작했다. 부엌에서 빈손으로 돌아온 누나는 걸음을 멈추고 앞을 노려보며 혼잣말로 중얼거렸다.

"참 이상하네. 도대체 파이가 어디 간 거야?"

하사관이 주위를 둘러보더니 말했다.

"실례합니다, 여러분. 우리는 지금 중요한 임무를 수행하고 있는 중인데 대장장이의 도움이 필요합니다."

"왜 하필이면 대장장이죠?"

누나가 퉁명스러운 목소리로 말했다.

"우리는 지금 감옥에서 도망친 죄수를 쫓고 있습니다. 어서 빨리 놈을 붙잡아 수갑을 채워야 하는데, 보시다시피 수갑이 고장 났어요. 그래서 대장장이의 도움이 필요합니다."

조가 수갑을 이리저리 만져 보더니, 두 시간 정도 걸릴 것 같다고 했다. 하사관이 말했다.

"좋소. 당장 시작해 주시오. 내 부하들도 당신을 도울 거요."

그제서야 나는 내 눈앞에서 달랑거리던 수갑이 내 몫이 아니란 걸 알아차렸다. 정신을 추스린 나는 누나를 바라보았다. 누나는 사라진 돼지고기 파이의 존재를 잠시 잊은 것 같았다.

"혹시 죄수가 늪지대로 도망갔다는 이야기를 들은 사람 있습니까?"

하사관의 질문에 모두들 약속이나 한 듯 고개를 내저었다. 나는 단 한마디도 거들지 않았지만, 그 누구도 나를 의심하지는 않았다.

조는 외투를 벗고 대장간으로 들어갔다. 뒤따라간 군인들 가운데 한 명은 불을 지폈고, 또 한 명은 풀무질을 했다. 나머지는 석탄이 붉게 타오르는 동안 주위에 빙 둘러 서 있었다. 잠시 뒤 조가 망치질을 하기 시작했고, 사람들은 펌블추크 씨가 가져온 포도주를 나누어 마셨다. 그러고는 죄수는 반드시 붙잡힐 거라며 신이 나 떠들었다.

마침내 조가 일을 끝냈다. 활활 타오르던 불길도 서서히 사그라들었다. 외투를 걸친 조는 군인들이 죄수를 어떻게 잡는지 가 보고 싶다고 말했다. 웹슬 씨는 조가 간다면 자기도 따라가겠다고 나섰지만, 다른 사람들은 이런저런 핑계를 대며 거절했다. 누나도 내심 죄수의 행방이 궁금했는지 조가 가는 것을 순순히 허락했고. 심지어 나도 데려가고 싶다는 청까지 들어주었다.

대신 하사관이 조건을 달았다. 반드시 군인들 뒤에 있어야 하고, 늪지대에서는 절대로 아무 말도 해서는 안 된다는 것이었다. 우리는 그렇게 하기로 약속했다.

궂은 날씨에 바람까지 거세게 불어 걷기조차 힘들었다. 게다가 사방은 시나브로 어두워지고 있었다.

우리는 교회 무덤을 지나 널찍한 늪지대로 나아갔다. 갑자기 차가운 빗방울이 떨어지기 시작하자, 조가 나를 등에 업었다. 얼마 뒤 우리는 캄캄해진 벌판에 도착했다.

군인들은 옛날에 포대가 있었던 곳을 향해 이동했다. 우리는 약간 떨어져서 그들을 뒤따라가고 있었다. 그때 누군가의 긴 고함 소리가 비바람 속에서 들려왔다. 우리는 걸음을 멈췄다. 고함 소리가 다시 한 번 되풀이됐다. 둘 아니면 셋이서 외치는 것 같았다.

우리는 소리 나는 쪽으로 가까이 다가갔다. 그때 "사람 죽네!" 하는 소리가 들렸고, 곧이어 또 다른 목소리가 들렸다.

"도망친 죄수들이오! 탈옥한 죄수들이오!"

그 말에 고함 소리가 멈추었다. 그런데 잠시 뒤 다시 고함 소리가 들렸고, 군인들도 그 소리가 들려오는 방향으로 달리기 시작했다. 조도 나를 업은 채로 달렸다.

　죄수들은 동물처럼 서로 엉겨붙어 싸우고 있었다. 하사관이 부하들을 제치고 죄수들에게 달려들며 말했다.

　"이놈들, 당장 떨어지지 못해!"

　두 죄수가 서로 치고 박고 싸우느라 물과 진흙이 사방으로 튀었다. 부하들이 도랑에 뛰어들어 하사관을 도왔다.

　결국 군인들의 제압으로 싸움은 끝이 났다. 군인들은 두 죄수를 따로따로 끌고 나왔다. 죄수들은 피를 흘리면서도 계속 괴성을 내지르며 몸부림치고 있었다.

　놀랍게도 그들은 늪지대에서 만난 두 남자였다. 둘 가운데 내가 아는 죄수가 찢어진 옷으로 얼굴에 흐르는 피를 닦았다. 그러고는 손가락에 잔뜩 묻어 있는 머리카락을 털어 내며 말했다.

　"명심하슈! 내가 저놈을 잡아 당신들에게 넘긴 거요! 그 점을 분명히 해 둡시다!"

　그러자 하사관이 말했다.

　"그렇다고 해서 달라질 건 없어. 당신에게 좋을 게 없단 말이야. 당신도 도망친 죄수인 건 마찬가지잖아. 다들 뭐 해? 어서 수갑을 채워!"

　얼굴이 엉망이 된 또 다른 죄수가 말했다.

　"조심해요. 저 사람이 나를 죽이려고 했다고요."

　그가 처음 입 밖으로 내뱉은 말이었다. 그러자 내가 아는 죄수가 말했다.

"죽이려고 했다고? 하사관 나리. 나는 분명 저놈을 잡아서 넘긴 거요. 저놈이 늪지대에서 빠져나가지 못하도록 했을 뿐만 아니라, 저놈을 끌고 이렇게 멀리까지 왔단 말이오. 당신들 생각에는 저놈이 신사로 보일 수도 있겠지요. 아무튼 당신들이 저 신사 놈을 감옥선으로 데려갈 수 있게 된 건 순전히 나 때문이라는 걸 명심하슈. 죽이려고 했다고? 생각해 보슈. 내가 저놈을 끌고 가서 그보다 더한 짓도 할 수 있는데 굳이 죽일 필요는 없지 않겠소?"

다른 죄수가 계속 소리를 질러 댔다.

"나를 죽이려고 했단 말이오. 나중에 증언 좀 해 주시오."

내가 아는 죄수가 하사관에게 말했다.

"이보시오! 나는 감옥선에서 혼자 도망을 쳤소. 혼자서 죽을 힘을 다해 달렸단 말이오. 저놈이 여기에 있다는 걸 몰랐다면, 나는 지독히 추운 이 늪에서 빠져나갈 수 있었을 거요. 내 다리를 보시오. 족쇄까지 풀었잖소. 그런데 저놈을 달아나게 해? 내가 찾아낸 방법으로 저놈이 또 이득을 보게 해? 저놈이 나를 또 한 번 이용하도록 내버려 두라고? 다시 한 번? 아, 그건 절대 안 될 말이지. 내가 죽는다고 해도, 나는 저놈을 붙들고 있었을 거요. 저놈을 붙들고 놓아주지 않았을 거란 말이오."

내가 아는 죄수가 도랑을 향해 몸을 돌리자, 다른 죄수가 벌벌

떨며 말했다.

"당신들이 오지 않았다면 나는 벌써 죽었을 거요."

내가 아는 죄수가 무서운 표정을 지으며 말했다.

"또 거짓말을 하는군. 저놈은 아마 태어날 때부터 거짓말을 했을 거요."

그러자 하사관이 말했다.

"이제 그만 따져. 자, 횃불을 밝혀라."

그때, 내가 아는 죄수와 눈이 마주쳤다. 그곳에 도착했을 때부터 나는 조의 등에서 내려와 꼼짝도 하지 않고 서 있었다. 그가 나를 멍한 눈으로 바라보았다. 나도 그를 보면서 손을 약간 움직이며 고개를 설레설레 흔들었다.

나는 그가 내 몸짓을 오랫동안 봐 주길 바랐다. 내가 배반한 게 아니란 걸 알려 주고 싶었다. 하지만 그는 이해할 수 없는 눈길로 나를 쳐다볼 뿐이었다. 모든 게 순식간의 일이었다.

횃불이 주위를 환하게 밝혔다. 군인들이 두 죄수를 따로따로 끌고 갔다. 우리도 그들을 뒤따라갔다. 그렇게 한 시간쯤 걸었을까? 우리는 낡은 오두막과 선착장이 있는 곳에 다다랐다. 하사관이 오두막에 있던 경비병에게 보고를 하고 뭔가를 장부에 기록했다.

먼저, 불안에 떨고 있던 젊은 죄수가 불려 나가 경비병과 함께 보트에 올라탔다. 내가 아는 죄수는 나를 두 번 정도 흘끗 보고 나서 다시는 쳐다보지 않았다.

그때였다. 자신의 발을 내려다보며 한참 생각에 잠겨 있던 그가 갑자기 하사관을 향해 이렇게 말했다.

"사람이 굶어 죽을 수는 없는 법이잖소? 그래서 도망치는 길에 대장장이 집에서 파이와 위스키를 조금 훔쳤소."

하사관이 조를 쳐다보았다. 조가 말했다.

"제 아내가 파이가 없어졌다고 했어요. 안 그래, 핍?"

내가 아는 죄수가 우울한 표정으로 말을 이어 나갔다.

"당신이 대장장이요? 정말 미안하오."

그러자 조가 말했다.

"당신이 죄를 지었다고 해서 그것 때문에 굶어 죽을 수는 없지. 그렇지, 핍?"

내가 아는 죄수가 다른 곳으로 고개를 돌렸다.

작은 배가 되돌아왔다. 우리는 선착장까지 따라가서 그가 배에 올라타는 것을 지켜보았다. 배 안의 다른 죄수들은 그에게 아무런 관심도 보이지 않았다. 배 안에 있던 누군가가 "노를 저어라!" 하고 소리쳤다.

우리는 횃불의 불빛을 통해 바닷가에서 약간 떨어져 정박해 있는 검은 감옥선을 바라보았다. 감옥선은 녹슨 쇠사슬에 칭칭 묶여 있었다. 어린 내 눈에는 마치 그 모습이 온몸을 포박당한 거대한 죄수처럼 보였다.

작은 배가 감옥선 위로 떠올려졌다. 그가 내 눈 안에서 점점 사라져 갔다. 물속으로 던져진 횃불도 솨솨, 소리를 내며 서서히 꺼져 갔다.

정말 긴 하루였다. 집에 돌아온 나는 침대에 누워 안도의 한숨을 내쉬었다. 그 사내 덕분에 위기를 모면하게 된 건 정말이지 다행스런 일이었다. 하지만 조에게 모든 걸 털어놓지 못한 것이 못내 마음에 걸렸다.

제 3 장
해비샴과 에스텔라

나는 커서 매형처럼 대장장이가 될 생각이었다. 그래서 일을 배울 수 있는 나이가 될 때까지 조 밑에서 잔심부름을 하기로 했다. 이웃들은 그런 내게 새를 쫓거나 돌을 줍는 일, 또는 그와 비슷한 허드렛일을 자주 맡기곤 했다.

그 무렵 나는 웝슬 씨의 이모할머니가 운영하는 야간 학교에 다니고 있었다. 그런데 할멈의 교육 방식은 영 신통치 않았다. 할멈은 매일 저녁 여섯 시부터 일곱 시까지 학생들이 보는 앞에서 잠을 잤다. 마치 깊은 잠에 빠진 사람의 모습이란 어떤 건지 보여 주려고 작정한 것 같았다. 그러니까 우리는 일주일에 이 펜스씩을 내고 할멈이 자는 모습을 구경하는 셈이었다.

할멈은 교실 안에 작은 가겟방까지 차려 놓고 있었다. 하지만 어떤 물건이 있는지, 값이 얼마인지는 전혀 몰랐다. 그런데도 가게는 용케 망하지 않았다. 책상 서랍 안에 물건의 종류와 값이 적힌 낡은 공책이 하나 있었는데, 할멈의 손녀인 비디가 그걸 잣대로 삼아 가게 일을 보기 때문이었다. 비디도 나처럼 부모가 없었다. 그래서인지는 몰라도 늘 지저분했다.

나는 그곳에서 알파벳을 간신히 떼었다. 그렇게 되기까지 사실 할멈보다 비디의 도움이 훨씬 컸다. 비록 한 글자 한 글자 익히는 데 상당히 애를 먹었지만, 마침내 더듬더듬 읽고 쓸 수 있는 수준에는 오르게 되었다.

그러던 어느 날 밤이었다. 나는 벽난로 앞에 앉아 조에게 줄 편지를 쓰고 있었다. 한참을 낑낑거린 끝에 짤막한 편지 한 통을 완성했다. 나는 그 편지를 조에게 주었다. 조는 겨우 자기 이름밖에 읽을 줄 몰랐지만, 내 편지를 받고는 기적이라도 일어난 듯이 기뻐했다. 내가 크면 반드시 위대한 학자가 될 거라고 칭찬도 해 주었다.

"나도 조가 쓴 편지를 받고 싶어요. 조도 나처럼 글자를 배웠다면 좋았을 텐데……."

내 말에 조는 잠자코 벽난로의 불을 부지깽이로 천천히 쑤시더니, 차분한 목소리로 자신의 어린 시절 이야기를 들려주었다.

지독한 주정뱅이였던 조의 아버지는 조와 그의 어머니에게 툭하면 손찌검을 했다. 그래서 그들은 아버지를 피해 여러 번 도망을 쳤다. 하지만 용케도 아버지는 그들을 찾아냈다.

게으른 아버지는 일도 하지 않았다. 조가 대장간 일을 해서 가족을 먹여 살려야 했다. 아버지가 죽자, 어머니도 곧 따라 죽었다. 혼자가 된 조는 누나를 만나 청혼을 했다. 그리고 비록 대장간이지만 어린아이가 살 만한 방 하나쯤은 있다며, 누나한테 나를 데려오라고 했다.

조는 자신의 얘기를 이렇게 끝맺었다.

"핍, 우리가 왜 함께 살게 되었는지 알겠지? 나한테는 가족이 그 무엇보다 소중해. 물론 넌 내 소중한 가족의 일원이고 말이야. 그리고 나한테 글자를 가르쳐 주는 건 좋지만, 누나가 눈치채지 못하도록 하자. 너한테만 하는 얘기지만, 나는 머리가 썩 좋지 않아. 또 누나는 너와 내가 자기 손아귀에 있다고 생각하고 있어. 그래서 가족 중에 학자가 나오는 걸 좋아하지 않아. 더군다나 내가 똑똑해지는 건 절대로 원하지 않을 거야. 그렇게 되면 누나는 내가 자기를 이길 거라고 생각하기 때문이지."

나는 조의 말을 도무지 이해할 수 없었다. 그래서 '왜……'라고 물으려 했지만, 조가 내 말을 가로막았다.

"잠깐! 네가 무슨 말을 하려는지 알아. 누나에게 번번이 져 주는 이유를 묻고 싶은 거지? 간단히 말할게. 네 누나는 생각이 바르고, 나는 그렇지 않기 때문이야. 그리고 말이야, 핍. 네 누나를 보고 있으면 불쌍한 내 어머니 생각이 자꾸 나. 평생 일만 죽어라 했지만 돌아오는 건 상처뿐이었던, 편할 날이 단 하루도 없었던 내 어머니가 말이야. 그래서 난 두려워. 만일 내가 여자한테 잘못하면 어쩌나……. 그래서 그냥 내가 좀 불편하고 말지, 하며 지내는 거야. 힘든 건 나 하나로 족해. 핍, 정말이지 넌 고통 같은 건 모르고 자랐으면 좋겠어. 네 몫의 고통까지 내가 떠안고 싶은 마음이야. 하지만 핍, 현실은 다를 수도 있잖아. 나도 부족한 게 많은 사람이야. 그러니 네가 좀 이해해 줬으면 좋겠다."

조의 진실된 모습은 어린 내게도 깊은 감동을 주었다. 그날 이후 나는 조를 존경하게 되었다. 진심으로 말이다.

조가 내 머리를 쓰다듬고는 자리에서 일어났다.

"누나가 늦는구나. 별일 없으면 좋으련만."

누나는 장이 서는 날이면 펌블추크 씨와 함께 장에 가곤 했다. 펌블추크 씨는 홀아비였는데, 살림살이에 필요한 물건을 살 때는 아무래도 여자인 누나의 도움이 필요한 모양이었다. 오늘은 바로 장날이었고, 그래서 누나는 장에 가고 없었다.

얼마 지나지 않아 누나와 펌블추크 씨가 함께 돌아왔다. 누나는 자리에 앉자마자 흥분된 목소리로 이렇게 말했다.

"오늘 밤에 핍이 고마워하지 않는다면, 평생 형편없는 인간으로 살 거예요."

나는 무슨 말인지 당최 알아들을 수 없었지만, 최대한 애써 고마운 표정을 지어 보였다.

"정말이지 버릇없이 굴지 않으면 좋으련만."

누나의 말에 펌블추크 씨가 재빨리 덧붙였다.

"그녀가 핍을 버릇없게 내버려 두진 않을 겁니다. 분별 있는 사람이니까요."

'그녀라고?'

나는 입술과 눈을 이용해 '그녀?'라는 신호를 만들어 조에게 보냈다. 조도 같은 방법으로 내게 신호를 보냈다. 우리는 동시에 누나를 쳐다보았다.

"왜 그렇게 쳐다보는 거야? 집에 불이라도 났어?"

누나가 언짢은 표정을 짓자, 조가 눈치를 보며 물었다.

"그녀가 누군데?"

"그녀가 그녀지, 설마 그겠어? 혹시 당신이 미스 해비샴을 남자라고 생각한다면 또 모르지만."

조가 다시 물었다.

"윗마을에 사는 미스 해비샴?"

누나는 계속 조의 말꼬리를 잡았다.

"그럼 아랫마을에도 미스 해비샴이 살아? 아무튼 그분이 핍을 초대했대. 물론 핍은 그 초대에 기꺼이 응할 거고 말이야. 그게 여러 모로 좋을 거야."

그러고는 나를 향해 씩 웃으며 말했다.

"아니면 내가 하루 종일 힘든 일을 시킬 테니까."

해비샴은 윗마을에 있는 큰 저택에 혼자 살고 있는 여자였다. 인근에 사는 사람들은 모두 그녀에 대해 어느 정도 알고 있었다. 나이는 많지만 아직 결혼은 하지 않은, 매우 까다로운 숙녀라는 소문을 나도 들은 적이 있었다.

누나의 말에 조는 크게 놀랐다.

"세상에! 그분이 핍을 어떻게 알지?"

"이런 머저리! 그분이 핍을 안다고 누가 그랬어?"

"핍을 초대하고 싶다고 하셨다며?"

"그분이 펌블추크 아저씨한테 집으로 초대해서 같이 놀 만한 애가 없느냐고 물으셨을 수도 있다는 걸 왜 모르는 거야? 펌블추크 아저씨가 그분의 소작인이라는 사실을 왜 모르는 거야? 그래서 언제든 소작료를 내러 그 집에 갈 수 있다는 걸 왜 모르는 거야? 우리한테 언제나 세심하게 신경을 써 주시는 펌블추크 아저씨가 핍을 소개했을 수도 있다는 걸 왜 모르는 거야? 지금까지 내가 기꺼이 종노릇을 해 온 이 녀석을 말이야."

펌블추크 씨가 기다렸다는 듯이 맞장구를 쳤다.

"옳으신 말씀. 말 한번 잘했어요! 제대로 요점을 짚었어요! 조, 이제 상황을 알겠지?"

의기양양해진 누나가 계속 말을 이어 나갔다.

"당신은 잘 모르겠지만, 펌블추크 아저씨는 핍의 장래가 미스 해비샴 댁에 가게 됨으로써 바뀔 수 있다는 걸 간파하신 거야. 그래서 오늘 밤에 이 아이를 손수 마차에 태우고 시내로 데려가서 재우실 거야. 그러고는 내일 아침 그분 댁으로 데려다 주실 거고. 이제 알겠어? 이런, 내 정신 좀 봐. 아저씨가 기다리시잖아. 빨리 움직여야지."

누나는 나를 수돗가로 질질 끌고 가더니, 옷을 벗기고 내 머리를 수도꼭지 밑으로 밀어 넣은 다음 온몸에 비누칠을 하기 시작했다. 그러고는 내 몸을 박박 문질렀다. 그 손길이 어찌나 거친지 정신을 차릴 수가 없었다.

순식간에 목욕을 시킨 누나는 내게 목깃이 있는 깨끗한 셔츠와 몸에 꼭 끼는 양복을 입혔다. 그러고는 나를 펌블추크 씨에게 넘겼다. 그러자 펌블추크 씨는 그새 참고 또 참았던 말을 내뱉었다.

"얘야, 모든 분들에게 언제나 감사할 줄 알아야 한다. 너를 키워 준 사람들에게는 특히 그래야 하는 법이다."

나는 펌블추크 씨가 아닌, 조에게 말했다.

"안녕, 조!"

"핍, 잘 다녀와야 해!"

조가 걱정스런 표정으로 나를 바라보며 말했다.

하늘에 떠 있는 별을 올려다볼 수도 없을 만큼 기분이 울적했다. 지금껏 조와 떨어져 본 적이 단 한 번도 없기 때문이었다. 나를 태운 마차가 천천히 움직이기 시작했다. 그러자 무수히 많은 별들이 저마다 소리를 내며 내 눈 속으로 굴러 들어왔다. 그러나 그 별들은 내가 왜 해비샴 댁에 가야 하는지, 그녀가 내게서 원하는 게 뭔지 말해 주지 않았다.

다음 날, 펌블추크 씨와 나는 그의 가게 뒷방에서 아침 식사를 한 뒤 해비샴 댁으로 출발했다. 십오 분 정도 걷자, 그녀의 저택이 모습을 드러냈다. 그것은 마치 허공 위에 떠 있는 외로운 섬처럼 보였다.

오래된 저택의 벽돌은 시커멓게 빛이 바래 있었다. 몇몇 창문들은 담보다 높았고, 담보다 낮은 창문들에는 모두 쇠창살이 쳐져 있었다. 안뜰 앞에는 커다란 철문이 있었다.

펌블추크 씨가 초인종을 눌렀다. 사람을 기다리는 동안, 나는 집 안을 슬쩍 들여다보았다. 집 옆쪽으로 커다란 양조장이 보였다. 하지만 뭔가를 만들고 있는 것 같지는 않았다.

그때였다. 창문 하나가 스르륵 열리더니 낭랑한 목소리가 새어 나왔다.

"누구세요?"

그러자 펌블추크 씨가 대답했다.

"펌블추크입니다."

잠시 뒤, 손에 열쇠 꾸러미를 든 소녀가 안마당을 가로질러 왔다. 아주 예쁘고 도도해 보이는 소녀였다.

"이 아이가 핍입니다."

펌블추크 씨가 말했다.

"얘가 핍이란 말이죠? 들어와, 핍."

펌블추크 씨가 따라 들어가려고 하자 소녀가 막았다.

"미스 해비샴을 만나려고 하시나요?"

"그분이 나를 만나고 싶어 하신다면 당연히 그래야죠."

"어쩌죠? 미스 해비샴은 당신을 만나고 싶어 하지 않아요."

그녀가 딱 잘라 말하는 통에 당황한 펌블추크 씨의 얼굴이 확 붉어졌다. 잠시 머뭇거리던 펌블추크 씨는 내가 무슨 큰 잘못을 저지르기라도 한 것처럼 노려보더니 이렇게 말했다.

"너! 길러 준 사람들을 생각해서라도 얌전히 행동해야 한다."

펌블추크 씨가 떠나자, 소녀는 얼른 문을 잠가 버렸다. 안마당은 비교적 포장이 잘 되어 있었다. 다만 금이 간 곳에는 군데군데 잡초들이 웃자라 있었다. 그곳을 가로질러 가다가, 나는 양조장 건물을 다시 한 번 바라보았다. 역시 텅 비어 있는 것 같았다.

"언젠간 너도 저기서 만들어진 도수 높은 맥주를 마음껏 마실 수 있을 거야."

"응."

그녀의 말에 나는 수줍게 대답했다.

"맥주는 이미 충분히 만들어 놓았어. 저곳은 허물어질 때까지 저렇게 텅 비어 있을 거야. 도수 높은 맥주라면 이미 매너 하우스(Manor House, 장원을 가지고 있는 옛 영주의 저택―옮긴이)를 적시고도 남을 만큼 충분하거든."

"매너 하우스……. 그게 이 집 이름이니?"

"여러 이름 가운데 하나야."

"그렇다면 이름이 또 있다는 말이야?"

"응, 하나 더 있어. 새티스라고도 하는데, 사실 그리스어인지 라틴어인지 나도 잘 모르겠어. 아무튼 '충분하다'는 뜻이래."

"충분한 저택? 이상한 이름이야."

"그렇지? 하지만 그 뜻을 알면 생각이 달라질걸? 이름이 의미하는 것은 그 이상이니까. 누구든 이 집을 갖게 되면 다른 것은 아무것도 원하지 않게 된다는 뜻이래. 당시 사람들은 쉽게 만족을 했던 모양이지? 얘, 그렇다고 너무 두리번거리지는 마."

그녀는 너무 자주, 또 너무 아무렇지도 않게 나를 '얘'라고 불렀다. 분명 내 또래였는데도 말이다. 하지만 어쩐지 나보다 훨씬 더 성숙한 것 같았다. 그녀는 마치 자신이 스물한 살짜리 여왕이라도 되는 것처럼 나를 무시했다.

우리는 옆문을 통해서 집 안으로 들어갔다. 가장 먼저 어두운 통로가 나를 맞이했다. 그녀가 촛불을 집어 들더니 앞장을 섰다. 우리는 통로와 연결된 계단을 올라갔다. 계단도 어둡기는 마찬가지였다. 촛불 하나만이 우리가 가는 길을 밝혀 주었다.

마침내 우리는 어느 방문 앞에 다다랐다. 그녀는 나에게 들어가라고 말하고는 촛불을 들고 가 버렸다. 난감했다. 한편으론 무섭기도 했다. 나는 조심스럽게 방문을 두드렸다. 안에서 들어오라는 소리가 들렸다. 나는 숨을 크게 내쉰 뒤 방 안으로 들어갔다.

여러 개의 촛불이 방을 환히 비춰 주고 있었다. 햇빛은 애당초 한 줌도 들어오지 못하게 되어 있는 방이었다. 아름다운 화장대가 먼저 눈에 띄었다. 그리고 의자에 앉아 팔꿈치를 화장대에 댄 채 팔목으로 얼굴을 고이고 있는 여자가 눈에 들어왔다.

화려한 웨딩드레스를 입은 그녀는 머리에서 발끝까지 온통 흰색으로 치장하고 있었다. 구두도, 길게 내려뜨린 베일도 모두 흰색이었다. 또 그녀는 결혼식 때 신부가 쓰는 화관을 백발이 성성한 머리에 쓰고 있었다.

목과 손에는 보석들이 번쩍번쩍 빛나고 있었으며, 화장대 위에 놓여 있는 다른 보석들도 눈부신 빛을 발하고 있었다. 그렇다고 그녀가 옷을 격식대로 차려 입은 것은 아니었다. 구두는 한 짝만 신고 있었는데, 다른 한 짝은 화장대 위에 놓여 있었다. 목걸이와 시계도 차지 않았다. 화장대 주위에는 손수건, 장갑 등이 어지럽게 흩어져 있었다.

흰색은 색이 많이 바래 누릿해진 상태였다. 웨딩드레스를 입은 나이 든 여자도 그 드레스만큼이나 시들어 있었다. 움푹 들어간 눈에서 나오는 빛을 빼면 밝은 곳이 한 군데도 없었다.

그녀가 거울을 통해 나를 바라보았다. 기묘한 그녀의 모습에 나는 하마터면 소리를 지를 뻔했다.

"누구니?"

그녀가 물었다.

"핍입니다."

나는 떨리는 목소리를 애써 가다듬고 대답했다.

"핍?"

"펌블추크 씨가 데려왔어요. 초대를 하셨다고 해서요."

"가까이 와 보렴. 얼굴 좀 보자. 이리 가까이 오너라."

나는 느린 걸음으로 그녀에게 다가갔다. 그러자 주변에 있는 물건들이 더 자세하게 보였다. 그녀의 시계는 아홉 시 이십 분 전에 멎어 있었다. 방에 있는 다른 시계 역시 아홉 시 이십 분 전에 멎어 있었다.

해비샴이 말했다.

"나를 보렴. 너는 네가 태어난 뒤로 단 한 번도 햇빛 구경을 못한 내가 무섭지 않니?"

"아니요."

그건 거짓말이었다. 그녀가 자신의 왼쪽 가슴에 두 손을 포개며 말했다.

"너, 내가 지금 만지는 게 뭔지 아니?"

"네."

"뭐지?"

"가슴입니다."

"상처받은 가슴이란다!"

그녀는 자못 심각한 표정을 짓더니 입가에 묘한 웃음을 띠었다. 그러고는 강한 어투로 이렇게 말했다.

"나는 아주 피곤해. 그래서 날 즐겁게 해 줄 무언가가 필요하단다. 사람들한테는 질려 버렸어. 자, 네가 날 즐겁게 해 주겠니? 한번 신나게 놀아 보렴. 이상하게도 누군가가 내 앞에서 노는 것을 보고 싶구나. 어서 해 봐! 어서, 내 앞에서 놀아 봐! 놀아 봐! 놀아 봐!"

그러면서 해비샴은 손가락을 신경질적으로 움직였다. 나는 한참 동안 그녀를 물끄러미 쳐다보았다. 그리고 어떻게 해야 할지 생각했다.

"왜? 놀기 싫니?"

"아니에요. 갑자기 놀아 보라고 하시니…… 좀 이상해서요. 만약 저에 대해 안 좋게 얘기하시면, 저는 누나한테 많이 혼날 거예요. 그러니 시키는 대로 할게요. 하지만 이곳은 난생처음이고, 너무 새롭고 낯설고…… 너무 아름답고 슬프고…….″

그녀는 내게서 눈을 거두고 자신이 입은 드레스를 내려다보았다. 그러고는 거울 속에 비친 자신을 슬픈 눈으로 바라보며 이렇게 중얼거렸다.

"이 아이한테는 너무 새로운 것이 나한테는 너무 낡은 것이로구나. 이 아이한테는 너무 낯선 것이 나한테는 너무 친숙한 것이로구나. 그런데도 우리 둘 모두 너무 슬프다니! 에스텔라, 에스텔라를 불러. 나가서 에스텔라를 불러 다오."

나는 어두운 복도에 대고 에스텔라를 불렀다. 잠시 뒤 어둠 속에서 촛불을 손에 든 그녀가 별처럼 나타났다. 해비샴은 에스텔라를 가까이 불러 세웠다. 그러고는 화장대 위에 있는 보석 하나를 집어 그녀의 가슴에 대 보았다가 다시 그녀의 갈색 머리에 대 보았다.

"아가야, 언젠가는 모두 네 것이 될 거야. 너와 참 잘 어울리겠지? 자, 이제부터 이 아이와 카드놀이나 하렴."

"얘하고요? 천한 시골뜨기잖아요!"

그러자 해비샴이 말했다.

"그래? 그렇다면 네가 이 아이의 가슴에 상처를 줄 수도 있겠구나."

전혀 뜻밖의 말이었다. 처음에는 내 귀를 의심했지만, 분명 해비샴은 그렇게 말했다.

에스텔라가 나를 깔보는 말투로 물었다.

"얘, 무슨 놀이를 하고 싶니?"

"글쎄……. '이웃 알거지 만들기'라는 카드놀이 말고는 아는 게 없는데."

해비샴이 웃으며 에스텔라에게 말했다.

"저 애를 알거지로 만들어 보렴."

우리는 마주 보고 앉아 카드놀이를 시작했다.

에스텔라가 카드를 만질 때, 나는 화장대 쪽을 다시 한 번 흘긋 바라보았다. 한때는 흰색이었겠지만, 이제는 누래진 구두가 보였다. 모양이 그대로인 걸로 보아 한 번도 신지 않은 것 같았다. 해비샴의 발에는 역시 누릿해진 양말이 신겨져 있었다. 나는 그렇게 아주 이상한 곳에서 카드놀이를 하고 있었다.

첫 번째 게임이 끝나기 전, 에스텔라가 또다시 나를 깔보는 듯한 말투로 이렇게 이야기했다.

"이 아이, 손 거친 것 좀 보세요! 세상에, 이 촌스러운 신발은 또 어떻고요!"

맹세컨대, 나는 내 손을 부끄러워해 본 적이 단 한 번도 없었다. 하지만 그녀의 말 한마디는 내 손을 이 세상에서 가장 못난 손으로 만들었다.

카드놀이의 첫 승자는 그녀였다. 그래서 다음에는 내가 카드를 나누어 주었다. 에스텔라는 내가 실수라도 하기를 바라는 것처럼 날 빤히 쳐다보았다. 결국 나는 긴장한 나머지 카드를 잘못 나누어 주었고, 그녀는 나를 멍청한 촌놈이라며 놀렸다.

우리의 모습을 잠자코 지켜보던 해비샴이 내게 말을 걸었다.

"너는 에스텔라에게 아무 말도 하지 않는구나. 너한테 심한 말을 퍼붓는데도 말이야. 너는 에스텔라를 어떻게 생각하니?"

"말씀드리고 싶지 않아요."

"그러면 내 귀에다 대고 말해 봐."

해비샴이 내 쪽으로 몸을 굽히며 말했다. 나는 귓속말로 대답했다.

"저 아이는 아주 거만한 것 같아요."

"달리 말할 건 없니?"

"아주 모욕적인 기분이에요."

"또 없니?"

"집에 가고 싶어요."

"저렇게 예쁜데 다시 보고 싶지 않니?"

"그건 잘 모르겠어요. 하지만 지금은 집에 가고 싶어요."

"곧 가게 될 거다. 카드놀이를 마저 끝내도록 해."

나는 에스텔라와 계속 카드놀이를 했다. 번번이 그녀가 이겼다. 그녀는 내게 이겼다는 사실이 싱거운 듯 탁자 위에 카드를 던져 버렸다.

해비샴이 말했다.

"너를 언제 다시 볼까? 생각해 보자. 그래, 엿새 뒤에 다시 오렴. 에스텔라, 이 아이를 배웅해 줘. 먹을 것도 좀 챙겨 주고. 핍,

그만 가 보아라.”

에스텔라가 촛불을 들고 길을 안내했다. 그녀가 옆문을 열자, 눈부신 햇빛이 콸콸 쏟아져 들어왔다. 머리가 어지러웠다. 에스텔라는 기다리라는 말만 남긴 채 문을 닫고 사라졌다.

안마당에 덩그러니 혼자 남게 된 나는, 내 거친 손과 낡은 신발을 물끄러미 내려다보았다. 전에는 아무렇지도 않던 것에 갑자기 신경이 쓰이기 시작했다. 조가 조금만 잘살았더라면 내 모습도 지금보다는 나았을지 모른다는 생각마저 들었다.

에스텔라는 약간의 빵과 고기를 가지고 다시 돌아왔다. 그녀는 음식을 땅 위에 내려놓고는 먼 산만 쳐다보았다. 나는 마치 주인 말을 안 듣는 강아지가 된 기분이었다. 나 자신이 너무도 초라하게 느껴졌다. 나도 모르게 눈에 눈물이 고였다. 그녀는 나를 울렸다는 사실이 꽤나 만족스러웠는지, 내 얼굴을 보고 한번씩 웃고는 들어가 버렸다.

양조장 문 뒤로 간 나는 그곳에서 벽을 차고 머리칼을 잡아뜯으며 아주 오래도록 엉엉 울었다. 그렇게 감정을 추스린 뒤 소매로 얼굴을 닦고 다시 마당으로 나왔다. 빵과 고기는 먹을 만했다.

잠시 뒤 에스텔라가 열쇠 꾸러미를 들고 와서 문을 열어 주었다. 나는 도저히 그녀의 얼굴을 쳐다볼 용기가 나지 않았다. 그래서 고개를 푹 숙인 채 그냥 나가려고 했다. 그때 그녀가 내 몸에 손을 댔다.

"왜 울지 않니?"

"울고 싶지 않으니까."

"울고 싶으면서……. 눈이 퉁퉁 부어 안 보일 때까지 울고 있었잖아. 지금도 또 울려고 하는데 뭘."

그녀는 장난스럽게 웃으면서 나를 밀어내고는 문을 잠갔다.

집으로 돌아가는 길 위에서, 나는 그곳에서 내가 본 모든 것들을 하나씩 떠올렸다. 특히 못생긴 시골뜨기라는 그녀의 말이 오래도록 내 가슴을 아프게 했다.

집에 도착하자, 누나는 기다렸다는 듯 내게 수많은 질문들을 퍼붓기 시작했다. 해비샴에 대해 궁금한 게 많은 모양이었다. 그러나 내가 만족스러운 대답을 하지 못하자, 누나는 짜증을 내며 나를 거칠게 밀쳤다. 그 바람에 나는 부엌 벽에 얼굴을 부딪히고 말았다.

더 괴로운 일은 그다음에 일어났다. 차를 마실 시간에 펌블추크 씨가 마차를 타고 나타난 것이었다. 그는 난롯가 옆 의자에 앉자마자 내게 물었다.

"미스 해비샴은 어떻게 생겼더냐?"

"키가 아주 크고 얼굴이 검었어요."

누나가 펌블추크 씨에게 물었다.

"아저씨, 정말 그래요?"

펌블추크 씨는 그렇다는 듯 고개를 약간 끄덕였다. 평소와는 다른 소극적인 태도로 보아, 그는 해비샴을 본 적이 없는 게 분명했다. 게다가 내가 말한 그녀는 꾸며낸 모습이었다.

펌블추크 씨가 다시 물었다.

"네가 들어갈 때 뭘 하고 계시더냐?"

"검정색 마차 안에 앉아 계셨어요."

펌블추크 씨와 누나는 서로를 쳐다보며 동시에 외쳤다.

"검정색 마차에?"

"네, 에스텔라가 케이크와 포도주를 금쟁반에 담아 창문으로 건네주던데요."

펌블추크 씨의 몸이 나에게로 점점 기울었다.

"다른 사람은 없더냐?"

"개가 네 마리 있었어요."

"크더냐 작더냐?"

"굉장히 컸어요. 은바구니에 담긴 고기 조각을 놓고 싸우고 있었어요."

펌블추크 씨와 누나는 다시 한 번 서로를 쳐다보며 놀란 표정을 지었다.

"그 마차가 어디에 있었는데?"

이번에는 누나가 물었다.

"미스 해비샴의 방에요. 하지만 마차를 끄는 말은 없었어요."

"설마⋯⋯."

누나가 의심을 하자, 펌블추크 씨는 자못 진지한 표정으로 그 마차는 아마 의자 가마일 거라고 추측했다.

"뭐 하고 놀았어?"

펌블추크 씨의 질문은 끝이 없었다.

"깃발 놀이요. 에스텔라는 푸른색 깃발을 흔들고, 저는 빨간색 깃발을 흔들었어요. 미스 해비샴은 금색 별이 그려진 깃발을 흔들었고요. 또 칼도 흔들었어요. 아무튼 아주 즐겁게 놀았어요."

나는 또 한 번 거짓말을 꾸며 댔다. 내가 한 거짓말에 스스로가 놀랄 정도였다. 누나가 되물었다.

"칼? 칼은 어디서 났는데?"

"벽장 속에 있었어요. 벽장 속에는 총도 있고, 사탕도 있고, 이상한 알약도 있었어요. 그리고 방 안에는 촛불이 켜져 있었고요. 그 방엔 햇빛이 전혀 들어오지 않거든요."

그들은 더 이상 내게 아무것도 묻지 않았다. 대신 내가 전한 정보들을 가지고 토론을 벌이느라 정신이 없었다. 정말 다행이었다.

조가 차를 마시려고 대장간에서 돌아왔을 때도, 그들은 여전히 토론에 열중했다. 누나는 내게서 들은 말들을 조에게 그대로 전해 주었다. 조 역시 무척 놀랐는지, 얘기를 듣는 내내 푸른 눈을 희번덕거렸다. 왠지 조에게만큼은 죄책감이 들었다.

펌블추크 씨가 가고 난 뒤, 나는 누나 몰래 대장간으로 가서 조에게 모든 걸 털어놓았다. 나는 해비샴 댁에서 내가 느낀 감정을 있는 그대로 전달하려고 노력했다. 해비샴 댁에는 아주 예쁜 소녀가 하나 있는데, 무척 거만한 데다 시골뜨기라며 나를 깔보기까지 했다고 얘기할 때는 나도 모르게 눈물이 날 뻔했다. 어쨌든 그래서 나는 아주 비참했으며, 그런 감정을 누나와 펌블추크 씨에게는 도저히 드러낼 수 없어서 거짓말을 하게 됐노라고 용서를 구했다.

조는 한참을 생각한 다음 이렇게 말했다.

"네가 명심해야 할 게 한 가지 있어. 거짓말은 거짓말을 낳는다고 하잖아? 핍, 더 이상 거짓말은 하지 마. 네가 거짓말을 한다고 해서 현재의 네 모습에서 벗어날 수는 없는 거잖아."

잠자리에 들기 전, 나는 이런저런 생각에 잠겼다.

'에스텔라는 대장장이에 불과한 조를 얼마나 우습게 여길까, 또 그의 거친 손과 더러운 신발을 보고 얼마나 흉을 볼까.'

제 4 장
가난한 내일

    며칠 뒤, 나는 약속한 시간에 맞춰 해비샴 댁을 방문했다. 대문 앞에서 초인종을 누르자 에스텔라가 나왔다. 그녀는 어두운 복도로 나를 데려갔다. 그러고는 촛불을 켜고 내 얼굴 앞에 갖다 대더니 거만하게 말했다.

    "오늘은 이쪽으로 와."

    에스텔라는 지난번과 다른 방으로 나를 데려갔다. 그곳에선 세 여자와 한 남자가 앉아 이야기를 나누고 있었다. 다들 처음 보는 얼굴들이었다. 우리는 그 방에서 잠시 머문 뒤 다시 밖으로 나갔다.

    에스텔라를 따라 컴컴한 복도를 걸어가고 있을 때였다. 갑자기 걸음을 멈춘 그녀가 내 얼굴에 자기 얼굴을 가까이 대더니 이렇게 물었다.

"어때?"

"뭐가?"

그녀가 나를 빤히 쳐다보았다. 나도 그녀를 바라보았다.

"나, 예쁘니?"

"응, 아주 예뻐."

"내가 무례하니?"

"아니. 지난번보다는 나아."

그녀가 노여움에 가득찬 눈빛을 하고 물었다.

"지난번보단 낫다고?"

"응, 지난번보다는."

그녀는 내 말이 끝나기가 무섭게 온 힘을 다해 내 뺨을 후려쳤다. 그리고 다시 물었다.

"지금은 어때? 이 천한 짐승 같은 놈. 이젠 나를 어떻게 생각하니?"

"얘기하지 않을래."

"위층에 가서 고자질을 하시겠다?"

"아니, 그건 아니야."

"이 얼간아, 다시 한 번 울어 보지 그래?"

"다시는 울지 않을 거야."

그것은 거짓말이었다. 그 순간에도 나는 이미 마음속으로 울고 있었으니까. 또 그 뒤로도 그녀가 내게 준 고통은 얼마나 지독했던가!

에스텔라는 아무 일도 없었다는 듯 다시 걸음을 옮겼다. 나는 조용히 그 뒤를 따랐다. 우리는 위층에 있는 해비샴의 방으로 갔다. 에스텔라는 문 옆에 나를 남겨 두고 가 버렸다. 나는 해비샴이 화장대 거울로 나를 쳐다볼 때까지 그 자리에 서 있었다.

"그래, 벌써 며칠이 지났구나."

그녀가 당황하거나 놀란 기색도 없이 말을 꺼냈다.

"네, 오늘이……."

그녀는 손가락을 까딱거리며 내 말을 끊었다.

"됐어, 됐어, 됐어! 알고 싶지 않다. 놀 준비는 돼 있니?"

나는 순간 당황했다.

"아직 준비가 안 됐어요."

그녀가 내 표정을 살피며 물었다.

"카드놀이를 하지 않겠다는 거냐?"

"그건 할 수 있어요. 원하시면 얼마든지요."

해비샴은 무슨 말인지 알겠다는 표정을 지었다.

"이 집이 낡고 어두워서 놀고 싶은 기분이 들지 않는다는 거구나. 그렇다면 일을 할 마음은 있니?"

나는 일하고 싶다고 기쁜 마음으로 대답했다.

"그렇다면 내가 갈 때까지 앞방에서 기다려라."

나는 그녀가 말한 방으로 들어갔다. 햇빛이 전혀 들어오지 않는 방이었다. 희미한 촛불에 비친 방 안은 아주 오랫동안 버려둔 듯 적막했다. 게다가 바람도 통하지 않아서 역겨운 냄새까지 났다.

방 한가운데에는 노란 식탁보가 깔린 긴 식탁이 있었는데, 곰팡이며 먼지로 새까맸다. 또 식탁 중앙에 놓인 장식대는 온통 거미줄이 쳐져 있어 형체를 알아볼 수 없을 정도였다. 이 집의 모든 시계가 멈춘 그 순간에 어떤 거창한 파티를 준비하고 있었을지도 모른다고, 나는 생각했다.

벽 뒤에서는 쥐들이 움직이는 소리가 났다. 큼지막한 바퀴벌레들도 난로 주위를 기어 다니고 있었다. 나는 조금 떨어져서 그것들을 바라보고 있었다. 언제 들어왔는지 해비샴이 내 어깨에 한 손을 얹었다. 다른 손으로는 지팡이를 짚고 거기에 몸을 의지하고 있었다.

그녀가 지팡이를 들어 식탁을 가리키며 말했다.

"죽으면 내가 누울 곳이란다. 모두들 여기에 누워 있는 내 모습을 보게 되겠지."

이번에는 거미줄로 잔뜩 둘러쳐져 있는 무언가를 가리키며 말했다.

"너는 저게 뭐라고 생각하니?"

"뭔지 모르겠어요."

"저건 커다란 케이크란다. 웨딩 케이크지. 내 거야!"

그녀는 방 안을 빙 둘러본 다음 내 어깨에 몸을 기대며 말했다.

"자, 나 좀 걷게 해 다오!"

내가 해야 할 일이란 해비샴을 부축해 방 안을 빙글빙글 도는 것이었다. 그녀는 내 어깨에 몸을 의지하고, 우리는 빠른 속도로 걸었다.

잠시 뒤 그녀가 말했다.

"에스텔라를 불러라!"

나는 층계참에 나가 에스텔라를 불렀다. 그녀는 아까 전 내가 어두운 방에서 본 네 사람과 같이 왔다. 알고 보니 그들은 해비샴의 먼 친척들이었는데, 해비샴에게 서로 잘 보이려고 안간힘을 썼다. 그들은 속내가 빤히 들여다보일 정도로 그녀의 안부를 묻고 또 물었다.

그러나 해비샴은 그들을 아주 차갑게 대했다. 그들이 자신에게 관심을 갖는 건 다 거짓이라고 대놓고 말했다. 자기가 죽어서 남길 유산을 더 많이 얻기 위해 아부하러 온 것이라고도 했다. 그러고는 그들을 조롱하며 심한 모욕감을 주었다. 그런데도 그들은 감히 대꾸할 엄두를 내지 못했다.

해비샴이 그들에게 소리쳤다.

"이제 모두 꺼져 버려!"

그러고는 지팡이로 식탁을 툭툭 치더니 내게 말했다.

"자, 나를 계속 걷게 해 다오."

나는 그녀를 부축한 채 빠른 걸음으로 방 안을 돌고 또 돌았다. 에스텔라가 그들을 아래층으로 안내하는 동안에도, 우리는 걸음을 멈추지 않았다.

잠시 뒤 힘이 빠진 그녀가 벽난로 앞에 기대어 선 채 말했다.

"핍, 오늘이 내 생일이란다. 나는 방금 여기에 왔던 인간들에게도 그렇고, 다른 이들에게도 내 생일 얘기를 꺼내지 못하게 했어. 그들은 날짜에 맞춰 이곳에 오긴 왔지만, 내가 무서워 감히 그 얘기를 못 꺼낸 거란다."

곧 에스텔라가 돌아왔고, 해비샴은 우리에게 카드놀이를 하라고 명령했다. 그래서 우리는 그녀의 방으로 돌아가 전처럼 카드놀이를 했다.

해비샴은 시종일관 우리를 지켜보았다. 그러면서도 내 시선이 에스텔라에게 가도록 자기의 보석을 그녀의 가슴과 머리에 달아 주었다. 하지만 에스텔라는 여전히 내게 눈길조차 주지 않았다.

카드가 여섯 번 정도 돌자, 해비샴은 그만해도 좋다는 신호를 보냈다. 그녀는 내가 다시 올 날짜를 일러 주었다. 에스텔라는 나를 안마당으로 데려갔다. 그러고는 전처럼 개에게 먹이를 주듯 음식을 바닥에 내려놓고는 가 버렸다. 나 역시 전처럼 또 저택 안을 홀로 서성거렸다.

　나는 저택 곳곳을 기웃거리다가 어느 창문 안을 들여다보았다. 앞마당이 하도 황폐해 집 안도 텅 비어 있을 거라고 생각했다. 그런데 놀랍게도 머리 색깔이 엷고 얼굴이 창백한 소년이 나를 빤히 보고 있는 게 아닌가. 소년은 재빨리 사라졌다가 어느새 다시 내 옆에 나타났다.

　그가 말했다.

　"안녕!"

　얼떨결에 나도 그에게 인사를 했다.

　"안녕!"

　"누가 너를 들여보냈지?"

　"에스텔라."

　"이곳을 돌아다녀도 된다는 허락을 누구한테 받았지?"

　"에스텔라."

　"좋아, 그럼 나하고 한판 붙자."

　창백한 소년은 분명 그렇게 말했다. 말투며 태도가 아주 단호했다. 그가 하자는 대로 해야 할 것만 같았다. 나는 아무런 저항 없이 그가 이끄는 대로 따라갔다. 꼭 마법에 걸린 것만 같았다.

　"잠깐 걸음을 멈춰 봐. 우리가 싸워야 하는 이유를 설명해 줄게. 그건 말이지, 바로 이거야!"

　그는 말을 마치는 동시에 내 머리칼을 움켜쥐었다. 그러고는 있는 힘을 다해 내 복부를 발로 찼다. 나도 본능적으로 주먹을 뻗었다. 그가 좌우로 몸을 재빠르게 움직이며 말했다.

"맨땅으로 가자."

왠지 말만 그럴듯해 보였기 때문에, 나는 별 두려움 없이 그를 따라갔다. 우리가 도착한 곳은 정원 구석이었다. 그는 잠깐 사라지더니 물과 식초를 적신 스펀지를 가지고 왔다. 그러고는 웃옷뿐만 아니라 셔츠까지 벗어젖혔다.

그다지 맷집이 좋아 보이지는 않았지만, 막상 옷까지 벗어 던지고 덤비니까 덜컥 겁이 났다. 그러나 내 예상이 맞았다. 그는 내 주먹을 제대로 한 대 맞더니 뒤로 나자빠져서 코피를 흘리며 나를 올려다보았다.

잠시 뒤 오뚜기처럼 발딱 일어선 그는, 스펀지로 코피를 닦고 물을 마신 다음 다시 덤비기 시작했다. 내가 놀란 것은 그가 다시 한 번 나자빠져 멍든 눈으로 나를 올려다보고 있다는 사실이었다.

자못 용감해 보이기까지 하는 그의 눈빛에는 왠지 모를 순진함이 어려 있었다. 비록 내가 먼저 싸움을 걸진 않았지만, 나는 이겼다는 사실이 전혀 만족스럽지 않았다.

내가 물었다.

"도와줄까?"

"고맙지만 사양하겠다."

"그럼 나 먼저 갈게. 잘 있어."

"너도."

나는 바닥에 나자빠진 소년을 남겨 둔 채 다시 안마당으로 돌아갔다. 그곳에서 에스텔라가 열쇠 꾸러미를 들고 기다리고 있었다. 뭔가 즐거운 일이 있기라도 한 것처럼, 발그레한 그녀의 얼굴이 환하게 빛나고 있었다.

그녀는 나를 통로로 데려간 다음 이렇게 말했다.

"나한테 키스해도 좋아. 원한다면 말이야."

그러고는 뺨을 살짝 돌리는 게 아닌가! 나는 내 귀를 의심했다. 그녀의 뺨에 난 솜털이 햇빛을 받아 반짝거렸다. 가슴이 뛰기 시작했다.

나는 그녀의 뺨에 입을 맞췄다. 그러나 생각만큼 황홀하지는 않았다. 그녀가 형편없는 시골뜨기한테 푼돈을 쥐어 주듯 입맞춤을 허락하고 있다는 느낌을 받았기 때문이다. 그것이 만약 사실이라면 아무런 가치도 없는 것이었다.

집으로 돌아온 나는 안색이 창백한 소년 때문에 마음이 불안했다. 내 주먹에 뒤로 나자빠졌던 소년의 모습을 떠올릴 때마다 큰 벌을 받을 것만 같았다. 그래서 나는 며칠 동안 집 안에 틀어박혀 지냈다. 밖에 나가야 할 일이 생길 때면, 혹시 경찰이 와 있지 않은지 주변부터 살펴보았다.

해비샴 댁에 갈 날이 다가올수록 두려움은 점점 극에 달했다.

막상 소년은 별 걱정이 안 되었지만, 그의 가족이나 친척들이 망가진 소년의 얼굴을 보고 내게 복수를 할 것 같았다. 그래도 해비샴 댁에는 가야만 했다. 그런데 막상 가 보니 뜻밖에도 우리가 싸운 흔적은 아무 데도 없었다. 그 소년도 보이지 않았다. 일단 마음이 놓였다.

그날도 나는 해비샴을 부축해 방 안을 거닐었다. 그런데 그녀가 곧 싫증을 내더니 방문 밖에 있는 휠체어를 가져오라고 했다. 나는 해비샴을 휠체어에 앉힌 뒤 층계참을 가로질러 밀고 다니다가 다시 다른 방으로 갔다.

나는 그 일을 무려 열 달이나 계속했다. 그러면서 우리는 서로에게 좀 더 익숙해지기 시작했다. 그러자 해비샴은 나한테 더 많은 이야기를 들려주었으며, 지금껏 내가 배운 것은 무엇이고 또 어떤 사람이 되려고 하는지에 대해 묻기도 했다.

나는 매형처럼 대장장이가 되길 원한다고 말했다. 지금은 비록 아무것도 모르지만 공부를 해서 똑똑해지고 싶다는 바람도 얘기했다. 그 목표를 달성하는 데 그녀가 도움을 줄 지도 모른다는 생각에서였다. 그러나 그녀는 도움은커녕 내가 무지하게 지내는 것을 더 좋아하는 것 같았다. 그녀는 내게 절대 돈을 주지 않았고, 점심 식사 외에는 주전부리도 주지 않았다.

에스텔라는 늘 주변에 있다가 나를 들여보내고 내보내 줬다. 그런데 더 이상 내가 자기에게 키스해도 좋다는 말을 하지는 않았다. 예전처럼 나를 쌀쌀맞게 대하기도 했고, 아주 친근하게 말을 건네기도 했다. 또 어떤 때는 나를 아주 미워한다고 말하기도 했다. 도무지 종잡을 수가 없었다.

해비샴은 종종 귓속말로, 내게 이렇게 묻곤 했다.

"핍, 저 애가 점점 더 예뻐지는 것 같지 않니?"

내가 그렇다고 대답하면, 그녀는 무척 기뻐했다.

나와 카드놀이를 할 때마다 에스텔라의 기분은 오르락내리락했다. 그 폭이 하도 심해 당황한 적이 한두 번이 아니었다. 그러면 그 광경을 지켜보던 해비샴이 기쁜 표정으로 에스텔라를 끌어안으며 이렇게 말했다.

"나의 자존심이자 희망이여, 그들의 가슴을 짓밟아라. 인정사정 보지 말고 짓밟아라."

내가 해비샴의 집에서 그 묘한 분위기를 견디는 동안, 누나와 그 지긋지긋한 펌블추크 씨는 내 장래에 대한 토론을 자주 벌였다. 그는 내가 거실 구석에서 졸고 있기라도 하면 기어이 나를 끌고 가 불 앞에 앉혀 놓았다. 그러고는 나를 불에 구워 먹기라도 할 것처럼 말하곤 했다.

"가저리 부인, 당신 손으로 직접 키운 이놈이 여기 있구려! 이놈아, 머리를 들어. 너는 널 지금껏 키워 준 분들께 영원히 고마워해야 해. 자, 이제 이 아이의 미래에 대해 토론해 봅시다."

그런 다음 그와 누나는 해비샴에 대한 말도 안 되는 억측을 늘어놓았다. 또 해비샵이 나한테 무얼 해 줄 것인지에 대해서도 이야기했다. 나는 그런 말들이 너무 듣기 싫어 울기도 했다. 어떨 땐 펌블추크 씨를 흠씬 두들겨 패 주고 싶은 충동까지 느꼈다.

조는 그들의 대화에 절대 끼지 않았다. 하지만 그들은 조에게 자주 말을 걸었다. 특히 누나는 조에게 단단히 화가 나 있었다. 내가 대장간에서 일하지 않는 것을 조가 싫어한다고 믿기 때문이었다. 그런 날들이 오랫동안 계속되었다.

그러던 어느 날이었다. 여느 때처럼 내 어깨에 기대어 걷던 해비샵이 갑자기 걸음을 멈추더니 불쾌한 목소리로 말했다.

"네 키가 점점 커지고 있구나, 핍!"

나는 잠자코 있었고, 그녀도 더 이상의 말은 하지 않았다.

며칠 뒤, 그녀는 나를 세워 놓고 이렇게 말했다.

"너하고 같이 산다는 대장장이 이름이 뭐였지?"

"조 가저리예요."

"네가 도제가 되기로 한 주인 맞지?"

"네."

"내 생각엔 어서 도제가 되는 게 좋을 것 같구나. 네 매형이 필요한 서류를 갖춰서 너하고 같이 와 줄까?"

나는 조가 틀림없이 영광스럽게 생각할 것이라고 말했다.

"그렇다면 빨리 오라고 해라. 참! 꼭 둘이 같이 오너라."

이틀 뒤, 조는 양복을 입고 해비샴 댁에 갈 준비를 했다. 조는 조금 어색하더라도 그런 옷을 입는 게 예의라고 생각했다. 그래서 작업복을 입는 게 더 어울릴 거라는 말은 입 밖에 꺼내지도 못했다.

누나는 시내까지 우리를 따라온다고 고집을 부렸다. 심지어 우리가 돌아올 때까지 펌블추크 씨 집에서 기다리겠다고 했다. 조는 그런 누나를 말릴 수가 없었다.

결국 대장간은 하루 쉬기로 했다. 우리는 시내까지 걸어갔다. 누나는 펌블추크 씨 집으로 뛰어갔고, 조와 나는 곧바로 해비샴 댁으로 갔다. 에스텔라가 문을 열어 주었다. 그녀를 보는 순간, 조는 모자를 벗어 손에 쥐었다.

에스텔라는 우리를 거들떠보지도 않았다. 그녀는 내가 잘 아는 길로 우리를 안내한 뒤 들어가라고 말했다. 나는 조와 함께 해비샴에게 다가갔다. 그녀는 화장대에 앉아 있다가 갑자기 몸을 돌려 우리를 바라보았다.

"아! 당신이 이 아이의 매형인가요? 당신이 이 아이에게 대장간 일을 가르쳐 대장장이로 만들려고 했나요? 그런가요?"

그런데 조는 해비샴한테 직접 대답을 하지 않고, 나한테 대신 말을 하는 식으로 대답을 했다.

"핍, 우리는 친구잖아? 그래서 함께 대장간 일을 하는 게 즐거웠고 말이야. 하지만 핍, 만약 이 일이 싫다면 그렇다고 솔직하게 말해. 그러면 상황에 맞게 처리해 줄 테니까."

해비샴이 물었다.

"이 아이가 싫다고 한 적이 있나요? 아니면, 이 아이가 그 일을 좋아하나요?"

조가 대답했다.

"핍, 너도 늘 대장장이가 되고 싶어 했잖아."

그는 해비샴에게 직접 이야기해야 했다. 그러나 그가 그걸 깨닫는 건 아예 불가능해 보였다. 내가 직접 말하라고 얼굴 표정을 굳히면 굳힐수록, 그는 더욱 내 쪽을 바라보며 얘기했다. 그녀에게 말을 건네는 것이 불손하다고 생각하고 있는 게 분명했다.

해비샴이 물었다.

"계약서를 가져왔나요?"

조는 답답하다는 듯 내게 말했다.

"핍, 내가 그걸 모자 속에 넣는 걸 너도 봤잖아. 그러니까 너도 그게 여기에 있는 걸 알고 있잖아."

그러더니 계약서를 모자 속에서 꺼내 해비샴이 아닌 내게 건넸다. 나는 순진하고 착한 조가 부끄러웠다. 더군다나 에스텔라가 해비샴의 의자 뒤에 서서 경멸스러운 표정을 짓고 있는 걸 보고, 쥐구멍에라도 숨고 싶은 마음뿐이었다. 나는 얼른 계약서를 받아 해비샴에게 건넸다.

해비샴은 계약서를 다 읽고 나서 조에게 말했다.

"당신이 그 일을 이 아이에게 가르치는 이유가 설마 돈 때문은 아니겠죠?"

조는 입을 꼭 다문 채 한마디도 하지 않았다. 괜히 무안해진 내가 조에게 물었다.

"조! 왜 대답하지 않아요?"

"핍, 그건 너와 나 사이에는 대답할 가치도 없는 질문이잖아. 너도 그런 게 아니라는 걸 너무 잘 알잖아."

해비샴은 옆에 있는 탁자에서 작은 가방을 집어 들었다.

"핍이 여기에서 돈을 좀 벌었어요. 이 가방에는 이십오 파운드가 들어 있어요. 핍, 이걸 너의 주인에게 주거라."

사실 그때 조는 그녀의 이상한 모습과 방 분위기에 완전히 압도되어 제정신이 아닌 상태였다. 그래도 조는 기어코 한마디를 덧붙였다.

"핍, 너는 참으로 친절하구나. 내가 그걸 달라고 한 적은 결코 없지만 고맙게 받겠다."

해비샴이 말했다.

"잘 가렴, 핍! 에스텔라, 이들을 배웅해 줘라."

방을 나가다말고 내가 물었다.

"저는 어떻게 되는 거죠?"

"이젠 여기 안 와도 된다. 가저리 씨가 이제 너의 주인이야. 가저리 씨! 한마디만 더!"

그녀가 조를 불렀다. 나는 방문 앞에 서서 그녀가 조에게 하는 말을 들었다.

"저 아이는 이곳에서 착하게 행동했어요. 그 돈은 그것에 대한 보답이에요. 물론, 당신은 정직한 사람이니까 그 이상은 바라지 않겠지요."

조가 그 방에서 어떻게 하고 나왔는지 나로선 알 수 없었다. 하지만 얼이 빠진 얼굴로 나온 그는 아래층이 아닌 위층으로 걸음을 옮기고 있었다. 내가 소리쳤지만, 그는 듣지 못했다. 그래서 내가 뒤따라가 그의 팔을 잡아당겨야 했다.

잠시 뒤 우리는 대문 밖으로 나왔고, 문이 잠겼으며, 에스텔라는 사라지고 없었다.

우리는 누나를 데리러 펌블추크 씨 집으로 향했다.

"그래, 핍에게 얼마를 주던가요?"

조는 누나와 펌블추크 씨에게 알아맞혀 보라고 했다. 그들은 이십 파운드면 넉넉하다고 입을 모아 얘기했다. 조는 작은 가방을 누나에게 건네며 말했다.

"이십오 파운드요."

의자에서 일어난 펌블추크 씨는 누나에게 악수를 청하며 떨리는 목소리로 말했다.

"가저리 부인, 당신은 이십오 파운드의 값어치를 충분히 했소. 이제는 돈 쓰는 재미를 즐기시구려."

그런 다음 그는 내 팔을 잡고 말했다.

"당신들도 알겠지만, 나는 한번 시작한 것은 끝까지 책임지는 사람이오. 계약서를 바로 작성합시다. 그게 내 방식이오. 바로 작성합시다!"

우리는 곧장 시청으로 갔다. 그리고 치안 판사 앞에서 서명을 했다. 계약서에 서명을 하는 순간, 조 밑에서의 내 도제 생활이 시작되었다.

시청에서 나온 우리는 다시 펌블추크 씨 집으로 갔다. 누나는 이십오 파운드라는 액수에 지나치게 흥분한 것 같았다. 결국 허블 씨 부부와 웝슬 씨까지 초대해 '청돼지 식당'에 가서 저녁을 사겠다고 우겼다.

내게는 조금 서글픈 하루였다. 또다시 한데 모인 그들은 자기들끼리 수다를 떨다가 얘깃거리가 떨어지면 나를 보고 왜 즐거워하지 않느냐고 타박했다. 또 내가 졸 때마다 꿀밤을 먹이며 즐거워했다.

나는 진심으로 내가 불행하다고 생각했다. 앞으로 대장간 일을 좋아하긴 힘들 것 같아서였다. 한때는 그걸 좋아한 적이 있었다. 그러나 지금은 아니었다.

대장간에 일하러 간 첫날, 나는 몹시 우울했다. 그러나 조에게 내 기분에 대해서 한마디도 하지 않은 것은 정말 잘한 일이었다. 그 문제와 관련하여 잘한 것은 그것 한 가지뿐이었다.

하지만 비참한 생각마저 지울 수는 없었다. 에스텔라 때문이었다. 어느 날 갑자기 운수 사납게도 에스텔라가 대장간을 찾아와 내가 일하는 모습을 볼까 봐 두려웠다.

'에스텔라가 더럽고 비천한 내 꼬락서니를 보면 뭐라고 생각할까? 아마 내 시꺼먼 얼굴과 손을 보고는 세상에서 가장 끔찍한 경멸의 말을 퍼붓겠지?'

그런 생각을 하면 할수록 나는 내가 사는 집이 창피하게만 느껴졌다.

제 5 장
어두운 날들이여, 안녕!

대장간에서 일한 지도 어느덧 일 년이라는 시간이 흘렀다. 어느 날, 나는 조에게 한나절만 휴가를 달라고 부탁했다. 오랜만에 해비샴 댁을 방문할 생각이었다. 무엇보다 에스텔라의 소식이 가장 궁금했던 터였다. 그때 함께 일하고 있던 올릭이 내 말을 들었다.

올릭은 주급을 받고 조에게 고용된 일꾼이었다. 그는 나를 좋아하지 않았다. 특히 내가 조의 도제가 된 뒤로, 자기 자리를 뺏길까 봐 더욱 경계했다.

올릭이 들고 있던 연장을 바닥에 던지며 투덜거렸다.

"주인님, 설마 저희 둘을 차별하시는 건 아니겠지요? 저보다 어린 핍이 한나절이나 휴가를 받는다면 연장자인 올릭도 마땅히 그래야 하지 않겠어요?"

그는 언제나 자신을 '연장자 올릭'이라고 표현했다.

"한나절이나 휴가를 받아 뭘 하려고요?"

조가 난처한 표정을 지으며 물었다.

"뭘 할 거냐고요? 앤 뭘 한대요? 나도 핍이 하는 걸 하죠, 뭐."

"핍은 시내에 갈 거야."

"그렇다면 저도 시내에 갈 겁니다. 둘이 같이 가면 되겠네요."

"억지 좀 부리지 마."

"제 마음대로 할 겁니다. 주인님, 너무 그러지 맙시다. 차별하지 말라 이겁니다!"

조는 잠시 고민하다가 고개를 끄덕이며 말했다.

"그래, 그럼. 자네도 그동안 열심히 일했으니까, 두 사람 모두에게 휴가를 주지."

때마침 뜰에 나가 있던 누나가 그 말을 들었다. 누나는 창문 안으로 얼굴을 들이밀며 소리를 질렀다.

"에라, 이 멍청아! 저렇게 게으른 인간들에게 휴가를 준다고? 돈 좀 번 모양이지? 그런 식으로 돈을 축내다니! 차라리 내가 대장간 일을 하고 말지."

"부인이야 마음만 먹으면 무슨 일이든 못 하겠어요?"

올릭이 입꼬리를 올리며 빈정거렸다. 그러자 조가 얼굴을 굳히며 말했다.

"집사람은 내버려 둬."

"당신 같은 멍청이들, 다 상대해 줄 수 있어!"

올릭의 말에 열이 받은 누나는 온갖 악다구니를 퍼부었다. 그러자 참다못한 올릭이 버럭 소리를 질렀다.

"이봐요, 아줌마! 작작 좀 하시죠?"

"말상대하지 말라니까!"

조가 다소 격앙된 목소리로 올릭에게 말했다. 흥분한 누나는 괴성에 가까운 소리를 질러 대기 시작했다.

"당신, 지금 뭐라고 했어? 뭐라고 했냐고? 핍, 저 작자가 나한테 뭐라고 했니? 내 남편이 떡 버티고 서 있는데 나한테 감히 뭐라고 했냐고? 아! 아! 아! 나를 평생 지켜 주겠다고 맹세한 인간 앞에서 저 인간이 나한테 뭐라고 했냐고?"

누나는 미친 사람처럼 길길이 날뛰었다. 그러다가 끝내 화를 참지 못하고 문을 향해 돌진했다. 그것은 극도로 흥분한 누나가 폭발하기 직전에 보이는 마지막 행동이었다. 다행히도 나는 그걸 알고 있던 터라, 미리 문을 잠가 두었다.

불쌍한 조는 더 이상 가만히 지켜보고 있을 수만은 없는 상황에 처하고 말았다. 조는 올릭에게 남자답게 한판 붙자고 제안했다. 올릭도 군이 피할 생각은 없어 보였다. 그렇게 해서 다 큰 남자 둘이 서로에게 엉겨붙었다. 나는 여태껏 조와 싸워 오래 버틴 사람을 본 적이 없었다. 결국 올릭은 나와 싸웠던 그 창백한 소년처럼 석탄 잿더미에 파묻히고 말았다. 알고 보니 올릭은 허깨비였다. 젖은 빨래처럼 축 늘어져서는 쉽게 깨어날 줄을 몰랐다. 조는 문을 열고 나가 입에 거품을 문 채 창문가에 쓰러져 있는 누나를 번쩍 안아 들고 집 안으로 데려가 눕혔다.

위층에서 옷을 갈아입고 내려온 나는, 눈앞에 펼쳐진 광경을 보고 깜짝 놀랐다. 조와 올릭이 언제 싸웠냐는 듯 맥주를 마시고 있었기 때문이다. 조는 나를 배웅하며 이렇게 말했다.

"격렬할 때가 있으면 고요할 때도 있는 거야. 그것이 인생이란다, 핍."

해비샴 댁에 도착한 나는 한참을 망설이다가 결국 초인종을 눌렀다. 일 년이란 시간이 흘렀지만, 모든 것이 그대로였다. 전과 다른 점이 있다면 해비샴이 혼자 있다는 사실이었다.

"혹시 내게 원하는 게 있어서 온 거니? 어쩌지? 난 아무것도 줄 생각이 없는데."

"아닙니다. 전 대장간 일을 잘 배우고 있어요. 늘 감사하게 생각하고 있다는 말씀을 드리고 싶어서 온 것뿐이에요."

그러자 거울 속에 비친 그녀가 손가락을 불안하게 놀리며 말했다.

"그래그래! 가끔 놀러 오너라. 네 생일날에도 오렴."

그러더니 갑자기 의자와 얼굴을 내 쪽으로 돌리며 소리쳤다.

"너, 지금 에스텔라를 찾고 있구나!"

사실 나는 아까부터 에스텔라를 찾느라 연신 주위를 두리번거리고 있었다. 에스텔라가 잘 있기를 바란다고, 나는 얼굴을 붉히며 더듬거렸다.

"외국에 나갔단다. 좋은 학교에 들어갔지. 숙녀 교육을 받으러 말이야. 전보다 훨씬 예뻐졌어. 보는 사람마다 난리란다. 그 애를 아주 잃어버렸다고 생각하니?"

그러면서 그녀는 기분 나쁘게 웃었다. 나는 무슨 말을 해야 할지 몰라 적이 당황했다. 해비샴이 나를 빤히 쳐다보다가 그만 가 봐도 좋다고 말했다. 굳이 대답할 말을 찾지 않아도 되어 다행이었다.

집으로 돌아오면서, 나는 나를 둘러싼 환경이 전보다 훨씬 초라하다고 느꼈다. 그것이 내가 해비샴 댁에 가서 얻은 유일한 것이었다.

시내를 걷다가 우연히 웝슬 씨를 만났다. 그는 펌블추크 씨를 보러 가는 길이라며 함께 가자고 했다. 왠지 곧장 집에 가기 싫었던 터라, 그를 따라 펌블추크 씨 집에 가서 저녁 시간을 보냈다.

어느새 컴컴한 밤이 되었다. 펌블추크 씨의 집에서 나온 우리는 집 방향으로 천천히 걸음을 옮겼다. 시내를 벗어나자 짙고

축축한 안개가 깔리기 시작했다. 우리는 안개 속에서 서성거리는 한 남자를 만났다. 올릭이었다. 올릭은 밤길이 무서워 무작정 동행할 누군가를 기다리고 있었다고 했다.

우리 셋은 나란히 걸었다. 올릭은 어두워진 뒤부터 대포 소리가 계속 들린다며, 아마 죄수들이 감옥선에서 탈출해 그런 것 같다고 말했다.

마을에 들어설 무렵, 밤은 이미 깊어 있었다. 그런데도 집집마다 불을 환하게 밝히고 있었다. 웝슬 씨가 가장 가까운 집에 들어가 그 이유를 묻고는 급하게 다시 돌아왔다. 이야기인즉, 조가 집을 비운 사이 누군가가 우리 집에 침입했고, 그래서 큰 사고가 났다는 것이었다.

우리 셋은 있는 힘을 다해 집으로 뛰어갔다. 부엌에는 이미 몰려든 사람들로 가득했다. 넋이 나간 조의 모습도 보였다. 동네 아낙들은 한데 모여 자기들끼리 수군거리고 있었다.

사람들은 나를 보자 뒤로 물러났다. 누나가 의식을 잃고 바닥에 누워 있었다. 누군지 모르는 사람에게 뒤통수를 얻어맞고 의식을 잃은 거라고, 경찰관이 말했다.

없어진 물건은 없었다. 누나가 넘어지면서 쏟은 피를 제외하면 부엌도 깨끗했다. 다만 한 가지 뚜렷한 증거가 있었는데, 그것은 다름 아닌 줄칼로 절단된 족쇄였다.

나는 그 족쇄가 내가 알고 있는 죄수의 것이라고 생각했다. 늪에서 죄수가 줄칼로 잘라 낸 바로 그 족쇄 말이다. 하지만 나는 그가 범인이라고는 생각지 않았다. 아무래도 올릭이 의심스러웠다.

여하튼 그 무기와 내가 밀접하게 관련되어 있다는 생각이 들자 소름이 끼쳤다. 나는 그 비밀을 조에게 털어놔야 할지 망설였다. 그러나 너무 오래된 비밀이라, 지금 당장 털어놓을 엄두가 나지 않았다. 그래서 나는 언젠가 범인을 잡는 데 도움이 될 상황이 될 때까지는 입을 다물고 있기로 했다.

경찰은 보름이나 집을 드나들었다. 하지만 그 사건과 무관한 사람들만 체포해 갔을 뿐 정작 진짜 범인은 잡지 못했다.

누나는 아주 오랜 시간을 침대에서 보내야 했다. 누나의 시각과 청각, 기억력은 날이 갈수록 나빠졌다. 조와 나는 점점 더 누나의 말을 알아들을 수 없게 되었다.

마침내 누나가 부축을 받아 아래층으로 내려오게 됐을 때도, 말로 설명할 수 없는 것을 글씨로 대신할 수 있도록 석판을 늘 옆에 둬야 했다.

대신 누나는 성격이 온순해지고 참을성도 많아졌다. 하지만 가끔은 정신 이상에 시달리기도 했다. 그래서 조는 누나를 돌봐 줄 사람을 구하러 다녔는데 그게 생각만큼 쉽지 않았다.

다행히도 오래지 않아 구원자가 나타났다. 얼마 전에 이모할머니를 잃은 비디가 우리 집 식구가 되어 주었다. 비디는 우리 집에 와 지내면서 살림도 하고 누나도 돌봐 주었다.

　비디가 온 것은 조에게 축복과도 같은 일이었다. 비디는 누나를 어렸을 때부터 알았던 것처럼 시중을 잘 들었다. 덕분에 조는 기분 전환 삼아 가끔씩 술집을 찾을 수 있을 정도로 삶의 여유를 되찾았다.

　시간이 흐르면서 비디의 모습도 차츰 변해 갔다. 그녀의 구두 굽이 높아졌고, 잘 손질된 머리에 윤기가 흘렀으며, 손은 언제나 정갈했다. 그녀는 결코 미인이 아니었다. 오히려 하도 평범해서 에스텔라와는 비교가 되지 않을 정도였다. 하지만 그녀는 상냥하고 건강했으며 속이 깊었다.

　비디는 살림을 훌륭하게 해냈다. 늘 집에만 있는데도 내가 애써 배운 것들을 이미 모두 알고 있었다. 나는 비디가 보통 사람과는 다른 특별한 능력을 가지고 있다고 믿었다.

　어느 한가로운 일요일 오후, 비디와 나는 늪지대 쪽으로 산책을 나가기로 했다. 누나는 조가 잠시 돌봐 주기로 했다.

　화창한 여름날이었다. 우리는 강둑에 앉아 찰랑거리는 물속에 발을 담갔다. 사위는 고즈넉했다. 둘 다 서로 아무 말이 없었다. 물소리만이 시간의 흐름을 알려 주고 있었다.

　나는 지금이야말로 비디에게 내 이야기를 해야 할 때라고 생각했다. 그래서 비밀을 지켜 달라고 당부한 다음 조심스레 말을 꺼냈다.

"비디, 난 신사가 되고 싶어."

비디는 내 얼굴을 물끄러미 바라보았다. 그리고 천천히 입을 열었다.

"만약 내가 너라면 안 그럴 거야. 신사는 너와 어울리지 않아. 지금처럼 살아가는 게 더 행복할 것 같지 않니?"

나는 문득 조바심이 일었다. 비디는 내 마음을 이해하지 못하는 걸까?

"비디, 네가 겉모습만 봐서 그렇지, 나는 전혀 행복하지가 않아. 지금 하는 일도 재미가 없어. 다른 걸 하면서 살고 싶어. 그렇지 않으면 나는 아주 비참해질 거야."

"참 안됐네!"

비디는 슬픈 표정으로 먼 곳을 바라보며 말했다.

"내가 왜 진짜로 신사가 되고 싶은지 궁금하지 않아?"

"특별한 이유라도 있는 거야?"

나는 에스텔라 이야기를 꺼냈다. 세상에서 가장 아름다운 에스텔라를 좋아한다고, 그런데 그녀가 나를 천한 시골뜨기라고 생각한다고, 그녀를 위해서라도 신사가 되어야 한다고.

스스로 생각해도 터무니없는 이유였다. 비디가 말했다.

"그 사람을 괴롭히려고 신사가 되고 싶은 거니? 아니면 관심을 끌려고 그러는 거니? 만약 괴롭히기 위해서라면, 제일 좋은 방법은 그 사람의 말에 전혀 신경을 쓰지 않는 거야. 만약 관심을 끌기 위해서라면, 내가 보기엔 그럴 가치가 없는 사람 같아."

나는 한숨을 길게 내쉬었다.

"둘 다 맞는 말일지도 몰라. 하지만 비디, 난 말이야……. 에스텔라가 정말 좋아."

비디는 현명한 사람이었다. 그녀는 더 이상 나를 설득하려 들지 않았다. 대신 집안일 때문에 거칠어지긴 했지만, 누구의 것보다 따뜻한 자신의 손을 내 손 위에 가만히 얹었다. 내 눈에 금세 눈물이 맺혔다. 그녀는 내 어깨를 부드럽게 어루만지며 말했다.

"핍, 내게도 기쁜 일이 생겼어. 그건 바로…… 드디어 너에게 내가 마음을 털어놓을 수 있는 사람이 되었다는 거야."

나는 그녀의 목에 팔을 두르고 살짝 입을 맞춘 뒤 소리쳤다.

"비디, 언제나 너한테 모든 것을 다 얘기할게."

비디가 말했다.

"신사가 될 때까지만 그렇게 해."

나는 비디에게 좀 더 산책을 하자고 말했다. 강둑을 따라 걷는 사이에 어둠이 찾아왔다. 여름 밤은 무척 아름다웠다.

나는 이런 상황의 내가 자연스럽지 못한 것처럼, 시계가 멈춰 버린 해비샴의 방에서 에스텔라와 카드놀이를 하던 나 역시 자연스럽지 않음을 깨달았다.

나는 에스텔라에 대한 기억을 하루빨리 지워 버리고 싶었다.

지금, 비디 대신 에스텔라가 곁에 있었다면 어땠을까? 분명 그녀는 나를 비참하게 만들었을 것이다. 그런데도 어째서 나는 두 여자 가운데서 내게 고통을 주는 여자를 더 좋아하는 것일까.

'핍, 너는 정말 어리석은 놈이야!'

나는 속으로 중얼거렸다.

우리는 걸으면서 많은 대화를 나눴다. 비디가 하는 말은 모두 옳았다. 비디는 단 한 번도 나를 모욕한 적이 없었다. 오히려 내가 고통스러워하는 걸 보면 자기 일처럼 마음 아파할 것이었다.

"비디, 네가 날 바로잡아 줬으면 좋겠어."

집으로 돌아오는 길에 내가 말했다.

"내가 그럴 수 있다면 얼마나 좋겠니?"

"너를 사랑할 수 있게 된다면……. 우린 오랜 친구니까 이런 말 솔직하게 해도 괜찮지?"

"응, 괜찮아."

"내가 너를 사랑하게 된다면, 그건 바로 나를 위한 일이야."

"하지만 넌 결코 나를 사랑하지 않을 거야."

비디가 단호하게 말했다. 나는 왠지 그 말이 듣기 싫었다.

우리는 교회 묘지 근처까지 걸었다. 그때 어디선가 올릭이 나타나 아는 체를 했다.

"어이! 너희 지금 어디 가는 거야?"

"집에 가는 거지, 가긴 어딜 가?"

"그래? 그러면 연장자인 올릭이 집에 데려다 주지."

그러자 비디가 귓속말로 내게 말했다.

"같이 가자고 하지 마. 나는 저 사람이 싫어."

올릭이 마음에 들지 않는 건 나도 마찬가지였다. 그래서 나는 고맙지만 집에 데려다 줄 것까지는 없다고 정중히 사양했다. 그는 우리에게서 조금 떨어져 천천히 걸어왔다. 나는 비디에게 왜 올릭을 싫어하는지 물었다.

"저 사람이 나를 좋아하는 것 같아서 그래."

"올릭이 너를 좋아한다고 말한 적이 있어?"

나는 나도 모르게 목소리를 높였다. 비디는 어깨 너머로 뒤를 잠깐 돌아보고는 이렇게 말했다.

"아니, 그렇게 말한 적은 없어. 하지만 저 사람은 기회만 생기면 나를 뚫어지게 쳐다봐."

나는 올릭이 감히 비디를 좋아한다는 사실에 화가 치밀어 올랐다. 마치 내가 모욕받는 것처럼 느껴졌다. 나는 그날 밤부터 올릭에 대한 경계를 늦추지 않았다.

조 밑에서 일한 지 사 년째 되던 해의 어느 토요일 밤이었다. 나는 하루의 피로를 풀기 위해 조와 함께 술집에 갔다. 난로 주위에 모여 앉은 사람들은 웝슬 씨가 읽는 신문 기사에 귀를 기울이고 있었다. 나는 내 앞쪽 의자에 비스듬히 앉아 있는 낯선 사람을 줄곧 의식하고 있었다.

신문에 실린 기사는 어느 살인 사건에 관한 것이었다. 웝슬 씨는 간간이 눈썹까지 치켜올리며 실감나게 기사를 읽었다.

바로 그때, 낯선 남자가 우리 쪽으로 다가오더니 사람들의 얼굴을 하나하나 훑어보며 말했다.

"혹시 당신들 중에 조 가저리라는 대장장이가 있습니까?"

"네, 접니다."

조가 말했다. 그는 조를 술집 한 귀퉁이로 데려갔다.

"내가 듣기론 도제 한 명을 데리고 있다고 하던데. 핍이라고 부른다죠? 혹시 그 친구도 여기 있나요?"

"여기 있습니다!"

내가 소리쳤다. 그러자 그가 곧장 내게로 다가왔다. 유난히 머리가 크고, 검은 피부에 눈이 움푹 들어간 남자였다.

"두 사람과 따로 이야기를 하고 싶소. 여기보다는 조 가저리 씨 집으로 가서 이야기하는 게 좋을 것 같은데."

술집에 모인 사람들 모두가 숨을 죽인 채 우리를 쳐다보고 있었다. 우리는 술집에서 나와 집으로 향했다. 나는 그가 왜 나를 찾아왔는지 몹시 궁금했지만 물어보지 않았다. 그 역시 가끔 나를 쳐다볼 뿐 아무 말도 하지 않았다.

우리는 집에 도착하자마자 응접실로 들어갔다. 낯선 남자는 호주머니에서 수첩을 꺼내며 이야기를 시작했다.

"내 이름은 재거스입니다. 런던에서 변호사를 하고 있죠. 이례적인 용무가 있어서 여기까지 찾아온 겁니다. 조 가저리 씨, 이 젊은 친구를 도제의 신분에서 풀어 줘야겠습니다. 굳이 반대하지는 않으리라 생각합니다. 혹시 뭘 바라는 건 아니겠죠?"

조가 대답했다.

"저는 핍의 앞날을 방해하고 싶지 않아요. 그리고 뭘 바라지도 않고요."

"좋아요. 맹세할 수 있나요?"

"네."

"그럼 말씀드리죠. 핍 군은 많은 재산을 물려받았습니다."

조와 나는 놀란 표정으로 서로를 바라보았다.

"이 친구는 막대한 재산을 받게 될 겁니다. 핍 군이 즉시 이곳을 떠나 신사 교육을 받았으면 하는 것이 현 재산 소유주의 바람입니다. 나는 이 말을 전하기 위해 여기까지 온 것입니다."

꿈이 현실로 이루어지는 순간이었다. 황당하기 짝이 없는 꿈이 높은 현실의 벽을 훌쩍 뛰어넘은 것이다. 나는 그 재산의 소유주가 분명 해비샴일 거라고 생각했다.

재거스 씨가 말을 계속 이어 갔다.

"핍 군, 지금부터 내가 하는 말을 잘 들어요. 첫째, 그분은 앞으로도 핍이라는 이름을 계속 사용할 것을 요청하셨습니다. 둘째, 그분이 스스로 밝힐 때까지는 누구인지 알려고 하면 안 됩니다.

나는 그분을 잘 알고 있습니다. 그렇다고 나를 통해서라도 알려고 하지 말아요. 막대한 유산을 물려받는 데 있어서 이 정도면 절대로 까다롭지 않은 조건이오. 만약 이 두 가지 조건에 이의가 있다면 지금 말하시오."

나는 떨리는 목소리를 애써 가다듬으며 이의가 없음을 밝혔다.

"그렇겠지요! 그렇다면 핍 군, 구체적인 사항으로 들어갑시다. 나는 당신의 교육비 및 생활비를 충분히 가져왔소. 앞으로 나를 보호자라고 생각해 주시오. 상황이 변했으니만큼, 그에 걸맞은 교육을 받아야 해요."

나는 늘 그것을 고대하고 있었다고 말했다. 재거스 씨는 내 교육을 맡을 만한 적당한 가정교사가 있느냐고 물었다. 나는 물론 없다고 했다. 그러자 그는 매슈 포케트 씨가 어떻겠느냐고 제안했다. 언젠가 포케트 씨가 해비샴의 친척이라는 소릴 들은 적이 있었다. 그래서 나는 기꺼이 그의 제안을 받아들였다.

"좋아요. 그럼 포케트 씨의 집을 찾아가도록 하시오. 만반의 준비를 해 놓겠소. 당신은 현재 런던에 거주하고 있는 그의 아들을 먼저 만나게 될 거요. 그래, 런던에는 언제 올 거요?"

나는 침묵을 지키고 있는 조를 한번 바라보고는, 즉시 떠날 수 있다고 말했다.

"우선, 새 옷이 좀 있어야겠군요. 일주일 뒤가 어떻겠소? 아참, 돈이 필요할 거요. 이십 파운드면 되겠소?"

그는 돈을 세어 탁자 위에 놓더니 내 쪽으로 밀었다. 그러고는 오랫동안 조를 쳐다보았다.

"조 가저리 씨, 많이 놀란 것 같군요."

"네, 그렇습니다."

조가 애써 담담한 표정을 지으며 말했다.

"당신은 아무것도 원하지 않는다고 말했소. 그래도 보상으로 선물을 받으시는 건 어떻소? 그렇게 하라는 지시를 현 재산 소유주한테 받았다면?"

"무엇에 대한 보상이란 말인가요?"

"일꾼을 잃어버리는 것에 대한 보상이오."

조는 내 어깨에 부드럽게 손을 얹으며 말했다.

"핍이 성공을 위해서 떠난다면 나는 대환영입니다. 그런데 그 돈이 나와 대장간에서 최고의 우정을 나눈 이 아이를 잃는 것에 대한 보상이라고 생각한다면……."

그는 더 이상 말을 잇지 못하고 눈시울을 적셨다. 우리를 지켜보던 재거스 씨가 말했다.

"조 가저리 씨, 이번이 처음이자 마지막 기회라는 점을 분명히 알아 두시오. 만약 선물을 받고 싶다면 지금 말해요. 나는 그렇게 하라는 지시를 받고 왔으니까. 하지만 만약 당신이……."

그 순간, 조가 갑자기 재거스 씨의 멱살을 움켜쥐었다.

"나를 놀릴 요량이라면 당장 우리 집에서 나가시오!"

나는 재거스 씨에게서 조를 떼어 냈다. 재거스 씨가 말했다.

"핍 군, 당신은 신사가 될 것이니 이곳을 되도록 빨리 떠나는 게 좋겠어요. 아까 일주일 뒤로 정했지요? 그 전에 내 주소를 알려 주고 가겠소. 런던에서 역마차를 타고 나한테 곧장 오도록 해요. 이건 단지 내 의견이오. 결정은 당신이 하시오. 나는 돈을 받고 일하는 것뿐이니까. 이 사실을 명심해요."

재거스 씨가 떠나자, 조는 문을 잠갔다.

우리는 부엌으로 갔다. 누나는 늘 앉는 의자에 앉아 있었고, 비디는 그 옆에서 뜨개질을 하고 있었다. 우리는 벽난로 옆에 앉아 석탄이 타고 있는 걸 물끄러미 바라보았다. 둘 다 오랫동안 아무 말도 하지 않았다.

내가 먼저 입을 열었다.

"조, 비디에게 얘기해야 되지 않을까요?"

"핍, 네가 직접 얘기하는 게 좋을 것 같아."

"조가 대신 해 줘요."

조는 내 부탁을 들어주었다.

"비디, 핍이 엄청난 재산을 물려받게 되었어. 앞으로 신사가 될 거야."

비디는 뜨개질감을 손에서 떨어뜨리고 나를 바라보았다. 조는 여전히 무릎을 꼭 쥔 채 나를 바라보았다. 이번에는 내가 두 사람을 바라보았다. 잠시 뒤 그들은 나를 따뜻하게 안아 주며,

정말로 기쁘다고 말해 주었다. 그러나 그들의 말에는 어쩐지 깊은 슬픔이 배어 있는 것 같았다.

비디는 내게 무슨 일이 생겼는지 누나에게 열심히 설명하려고 애썼다. 그러나 누나는 그냥 벙긋벙긋 웃기만 했다.

이틀 뒤, 나는 내가 가진 옷 가운데서 가장 좋은 것으로 갈아입고 시내로 나갔다. 우선 양복점에 가서 양복을 한 벌 맞췄다. 양복점 주인은 최고급 옷을 맞추겠다는 나를 무시했지만, 돈을 보여 주자 태도를 싹 바꿨다. 그리고 모자 가게, 구두 가게, 양말 가게를 차례로 들러 필요한 물건들을 산 다음, 역에 들러 마차를 예약했다.

그러고는 펌블추크 씨 집으로 갔다. 그새 대장간에 들렀는지, 내 소식을 벌써 알고 있었다. 펌블추크 씨는 나를 보자마자 두 손을 부여잡고, 마치 나와 아주 절친한 사이인 것처럼 굴었다. 또 나를 위해 근사한 식사까지 마련해 놓고 있었다.

그가 말했다.

"자네도 알다시피 이렇게 된 데에는 내가 기여한 바도 크지 않나? 난 나 자신이 아주 자랑스럽다네."

나는 펌블추크 씨에게 누구로부터 유산을 받았는지에 대해서는 그 어떤 추측도 해서는 안 된다고 부탁했다.

"아, 그래. 알았네. 배고플 테니 어서 식사부터 하게."

펌블추크 씨는 정성껏 요리한 닭고기를 내게 대접했고, 여러 차례에 걸쳐 악수를 청했다. 그러고는 언젠간 내가 크게 될 거라고 사람들에게 늘 말하고 다녔다며 생색을 냈다. 그러나 나로서는 난생처음 듣는 말이었다.

헤어질 때, 펌블추크 씨는 내가 안 보일 때까지 손을 흔들었다. 나는 집으로 돌아가 짐을 꾸렸다.

그렇게 화요일, 수요일, 목요일이 지나갔다. 금요일 아침, 나는 다시 펌블추크 씨 집에 들러 새 옷으로 갈아입고 해비샴 댁으로 향했다.

이따금 에스텔라의 말동무가 되어 주었던 사라 포케트가 문을 열어 주었다. 그녀는 위층으로 나를 안내했다. 그녀는 내 변한 모습을 보고 적잖이 놀란 것 같았다. 해비샴은 기다란 탁자가 있는 그 방에서 지팡이를 짚고 가벼운 운동을 하고 있었다.

"내일 런던으로 가게 됐어요. 그래서 인사를 드리러 왔어요."

"아주 근사하구나!"

이렇게 말한 뒤 그녀는 자신의 지팡이를 한 바퀴 돌렸다. 마치 나를 변하게 한 요정이 자신의 선물에 마지막 숨결을 불어넣는 것 같았다.

"저번에 뵌 뒤로 많은 유산을 받게 됐어요. 정말 고맙습니다."

나는 최대한 예의를 갖춰 말했다. 해비샴은 옆에서 날 노려보는 사라 포케트를 즐거운 듯 쳐다보며 말했다.

"그래그래! 나도 재거스 씨를 만났단다. 내일 간다고?"

"네."

"부자가 너를 양자로 삼는다고?"

"그렇습니다."

"그분의 이름은 따르지 않고?"

"네."

"재거스 씨가 너의 보호자로 돼 있다며?"

"네."

"그래! 앞날이 밝구나. 그에 걸맞게 착하게 행동하고 재거스 씨가 시키는 대로 잘하거라."

그녀는 나와 사라를 번갈아 쳐다보았다. 그러고는 사라의 얼굴에 시샘이 깃든 걸 보며 잔인한 웃음을 지었다.

"잘 가거라, 핍! 네 이름이 부끄럽지 않도록 행동해야 해."

해비샴이 손을 내밀었다. 나는 무릎을 꿇고 그녀의 손에 입을 맞췄다. 사라에게도 인사를 했지만, 그녀의 반응은 냉담했다.

나는 펌블추크 씨 집에 들러 다시 낡은 옷으로 갈아입고 집으로 돌아왔다. 아직까지는 낡은 옷이 훨씬 편했다.

시간은 날아가는 화살처럼 빠르게 지나갔고, 마침내 마지막 날 저녁이 되었다. 나는 새 옷을 입고 조, 누나, 그리고 비디와 함께 식사를 했다. 모두들 애써 유쾌한 척했지만 우울한 표정은

숨길 수 없었다.

그날 밤, 나는 잠을 제대로 이루지 못했다. 가까스로 잠이 들었다가도 역마차가 런던이 아닌 엉뚱한 곳으로 가는 악몽에 시달리곤 했다. 꿈속에서는 말이 아니라 개나 고양이, 때로는 사람이 마차를 끌었다. 날이 밝고 새가 지저귈 때까지, 길이 아닌 곳으로 가는 꿈을 계속 꿨다.

다음 날 아침, 서둘러 식사를 하고 떠날 채비를 했다. 나는 배웅을 나온 누나와 비디에게 입을 맞추고, 조의 목을 오래도록 껴안았다. 나는 촉촉히 젖은 조와 비디의 눈을 오랫동안 바라보았다.

나는 떠나는 일이 생각했던 것보다 쉽다고 생각하며, 천천히 역을 향해 걸어갔다. 마을은 언제나 그랬듯 평온하고 조용했다. 내 어린 시절이 거기에 있었다. 그 너머는 미지의 세계였다.

순간, 울음이 왈칵 쏟아졌다. 나는 보잘것없고, 미지의 세계는 위대해 보였기 때문이다. 나는 마을 끝에 있는 이정표에 손을 짚고 울먹이면서 중얼거렸다.

"안녕, 다정한 친구!"

제 6 장
런던 생활

낡은 마차가 런던 시내에 들어선 건 정오가 조금 지나서였다. 마을에서부터 대략 다섯 시간 정도가 걸린 셈이었다. 마차에서 내린 나를 가장 먼저 반겨 준 건 런던의 뿌연 하늘이었다.

당시 영국 사람들은 '우리가 최고'라는 자부심에 사로잡혀 있었다. 나는 그런 분위기에 지레 겁을 먹었다. 그래서 런던이 생각보다 지저분하고 좁고 더럽다는 생각을 함부로 드러낼 수 없었다.

재거스 씨는 사무실에 없었다. 사무실을 지키고 있던 사환이 그가 중요한 재판 때문에 법원에 가 있다고 말해 주었다. 사환은 내게 재거스 씨의 방을 알려 주고는 잠시 들어가서 기다리라고 했다. 나는 여행용 가방을 들고 방으로 들어갔다.

천장으로만 빛이 들어오는 어두컴컴한 방이었다. 방 안에는 녹이 슨 권총과 긴 칼, 괴상한 얼굴 모양의 석고상 같은 잡동사니들이 그득했다.

방 안에 가만히 앉아 있자니 가슴이 답답했다. 런던의 탁한 공기 때문인 것 같았다. 나는 잠시 산책을 나가 런던 시내를 돌아다녔다.

다시 사무실로 들어가려는데, 맞은편에서 재거스 씨가 길을 건너고 있는 모습이 보였다. 건물 밖에서 기다리고 있던 사람들이 그를 발견하고는 우르르 몰려갔다.

그는 무리 가운데서 남자 두 명을 손가락으로 가리키며 소리쳤다.

"당신들한테는 아무 할 말이 없습니다. 현재 내가 알고 있는 것 이상으로 알고 싶지도 않고요. 결과는 이럴 수도 있고, 저럴 수도 있습니다. 내가 처음부터 그렇게 말했을 텐데요. 그건 그렇고 웨믹에게 비용은 지불했나요?"

재거스 씨의 물음에 두 사람은 한목소리로 대답했다.

"예, 그렇습니다."

"좋아요, 그럼 가도 좋습니다. 바빠서 더 이상은 상대해 줄 수 없어요!"

재거스 씨는 눈치를 보며 슬금슬금 자신의 뒤를 따라오는 두 남자를 향해 손을 저으며 말했다.

"만약 당신들이 한마디만 더 하면, 이 사건을 맡지 않겠소."

그러자 남자 하나가 그의 옷자락을 잡아당기며 말했다.

"선생님, 우리 생각에는……."

"당신 생각? 당신을 위해 생각하는 건 나야! 오늘은 그만 합시다. 더 이상은 안 돼."

재거스 씨는 등 뒤로 거칠게 손사래를 쳤다. 두 남자는 서로를 멀뚱히 쳐다볼 뿐, 더 이상 아무 말도 하지 못했다.

재거스 씨는 나머지 사람들도 똑같은 방식으로 처리한 다음, 나를 자신의 방으로 데려갔다. 그러고는 나에게 우선 매슈 포케트 씨의 아들이 묵고 있는 바나드 여인숙에 가 있으라고 했다. 그곳에 내 잠자리를 마련해 놓았으며, 월요일이 되면 내 또래인 포케트 씨 아들과 함께 햄머스미스에 있는 그의 집으로 갈 거라고 일러 주었다. 또 포케트 씨 집이 마음에 들지 안 들지는 가 보고 나서 결정하라는 말도 덧붙였다.

재거스 씨는 나에게 약간의 돈과 몇몇 상점 주인들의 이름이 적힌 카드를 건네주었다. 그들에게 카드를 보여 주고 마음에 드는 옷이나 그 밖의 필요한 물건들을 구입하라는 것이었다.

"예금액은 충분할 거요. 혹시라도 빚을 지게 될 경우, 카드 사용을 정지하겠소. 확실히 해 둡시다. 핍 군이 어떤 잘못을 저지른다 해도, 그건 내 책임이 아니란 걸 명심하시오."

나는 이런저런 복잡한 생각들을 정리한 다음, 재거스 씨에게 바나드 여인숙으로 가는 길을 물었다. 그러자 그는 사환인 웨믹이 나를 데려다 줄 거라고 다소 사무적으로 대답했다.

나는 웨믹과 함께 거리로 나왔다. 건물 앞에서는 여전히 많은 사람들이 서성이고 있었다. 그는 사람들 사이를 헤치고 걸으면서 냉정하고 단호하게 말했다.

"모두 소용없는 짓입니다. 재거스 씨는 당신들 중 그 누구도 상대해주지 않을 겁니다."

나는 웨믹과 나란히 걸어가다가 그의 옆모습을 흘끔 쳐다보았다. 그의 각진 얼굴에는 표정 변화가 거의 없었다. 왜소한 체구 때문에 작고 검은 눈은 유난히 예리해 보였고, 입술은 얇고 길쭉했다. 셔츠가 낡은 걸로 봐서 아직 결혼은 하지 않은 것 같았다.

웨믹이 물었다.

"여긴 처음인가요?"

"네, 처음이에요."

"나도 처음일 때가 있었죠."

그가 나지막이 중얼거렸다.

"런던은 어떤 곳이죠?"

내 물음에 그는 무뚝뚝하게 대답했다.

"한마디로 사람이 사는 곳이죠. 런던에서는 사기를 당할 수도 있고, 강도를 당할 수도 있고, 살인을 당할 수도 있어요. 하지만 당신에게 그런 짓을 할 사람은 다른 곳에도 얼마든지 있어요."

우리는 앞만 바라보며 묵묵히 걸었다. 나는 대화를 이어 나가기 위해 매슈 포케트 씨 얘기로 화제를 돌렸다.

이런저런 얘기를 나누는 사이, 포케트 씨의 아들이 묵고 있다는 바나드 여인숙에 도착했다. 우리는 대문을 지나 네모난 뜰로 들어섰다. 뜰을 둘러싸고 허름하고 지저분한 집 대여섯 채가 다닥다닥 붙어 있었는데, 문마다 '세 놓음'이라는 글자가 적힌 종이가 붙어 있었다. 나는 문득 내가 받을 유산에 대해 불안감을 느꼈다.

웨믹은 건물 맨 위층에 있는 방으로 나를 데려갔다. 문에는 '포케트'라는 명패가 달려 있었고, 우편함에는 '곧 돌아오겠음'이라고 쓴 쪽지가 붙어 있었다.

웨믹이 말했다.

"당신이 너무 일찍 왔나 보군요. 전 이만 돌아가겠어요. 현금은 제가 보관하고 있으니까 앞으로도 자주 만나게 되겠네요."

"네, 고마워요. 안녕히 가세요."

우리는 악수를 하고 헤어졌다.

포케트 씨의 젊은 아들은 삼십 분 뒤에 돌아왔다. 그는 양쪽 겨드랑이에 종이 봉투를 끼고 한 손에는 작은 과일 바구니를 든 채 숨을 헐떡거리며 계단을 올라왔다.

그가 나를 보고 소리쳤다.

"핍 씨?"

"포케트 씨인가요?"

"이런! 정말 미안하게 됐어요. 그곳에서 오는 역마차가 점심 때쯤 있다고 하길래, 나는 당신이 그 편으로 오는 줄 알고 있었지 뭐예요. 과일 좋아해요? 신선한 과일을 좀 샀는데."

그는 봉투를 겨드랑이에 긴 채로 문을 여느라 끙끙댔다. 내가 그것을 받아 주자, 잘 안 열리던 문이 갑자기 벌컥 열렸다. 그 바람에 그의 몸이 나한테 쏠렸고, 우리는 함께 뒷걸음질을 쳤다. 우리는 서로 마주 보고 멋쩍게 웃었다.

포케트 씨가 집 안으로 앞장서 들어가며 말했다.

"며칠 정도 지내기엔 크게 불편하지 않을 거예요. 일요일엔 런던 시내를 안내해 줄게요. 넉넉한 형편은 아니지만 식사는 먹을 만해요. 이해하세요. 전 아버지의 도움 없이 혼자 벌어 쓰거든요. 저기가 당신 방이에요. 가구는 일단 급한 대로 빌렸어요. 필요한 게 있으면 더 얘기하세요. 이런, 이걸 여태 들고 있었군요. 이리 줘요."

포케트 씨가 종이 봉투를 다시 받아 들었다. 그 순간 우리는 눈이 마주쳤고, 단박에 서로를 알아보았다.

"세상에, 이게 누구야! 나하고 싸웠던 그 친구잖아!"

"너는 창백하던 그 아이잖아?"

"그래, 내가 매슈 포케트 씨의 아들 허버트 포케트야."

"세상에, 포케트 씨의 아들이 너였다니!"

"세상에, 유산을 받을 핍이 너였다니!"

우리는 서로를 멍하니 쳐다보며 서 있다가 웃음을 터뜨렸다.

"그때는 유산을 받지 않은 상태였지?"

허버트가 물었다.

"그렇지."

"맞아, 최근에 일어난 일이라고 들었어. 그때는 나도 유산을 바라고 있었거든. 그런데 마침 미스 해비샴이 날 부르더라고. 하지만 그분은 날 좋아하지 않았어. 그때 일이 잘되었더라면, 지금쯤 에스텔라와 약혼이라도 했을 텐데."

허버트가 웃으며 말했다.

"실망이 컸겠다. 그 아픔을 어떻게 이겨 냈어?"

나는 자못 진지하게 물었다.

"실망스럽진 않았어. 사실 에스텔라는 고집이 센 데다 변덕스럽잖아. 언제나 자기 생각만 하고 말이야. 게다가 미스 해비샴이 모든 남자들에게 복수할 작정으로 키운 아이잖아."

"복수라니? 둘이 무슨 관곈데?"

"에스텔라는 단지 미스 해비샴의 양녀일 뿐이야. 피가 섞이지 않았으니 딱히 어떤 관계라 할 수도 없지."

"그럼 왜 모든 남자들에게 복수를 해야 한다는 거지?"

"핍! 정말 그걸 몰라서 묻는 거야?"

"몰라."

내 말에 허버트는 어이없다는 듯 웃음을 터뜨렸다.

"세상에! 좋아. 그 얘긴 이따 저녁 먹으면서 하기로 하자. 꽤 긴 이야기거든. 그것보다 넌 어떻게 그 집에 가게 된 거야?"

나는 허버트에게 해비샴과 인연을 맺게 된 사연을 털어놓았다. 그러자 그는 재거스 씨는 해비샴의 대리인이자 실무 변호사이며, 해비샴이 신뢰하는 사람은 그가 유일하다는 사실을 내게 알려 주었다. 또한 그는 재거스 씨가 자기 아버지를 찾아와서 내 가정교사가 되어 달라고 부탁했고, 자기 아버지는 해비샴과 친척이기는 하지만 그다지 친한 사이는 아니라고 말했다.

허버트는 솔직하고 낙천적인 성격의 소유자였다. 나는 무엇보다도 그 점이 가장 마음에 들었다. 그는 비열하거나 의뭉스럽지 않았다. 곧고 분명한 표정과 말투가 그의 그런 성격을 잘 드러냈다.

또 그는 희망에 가득 찬 사람처럼 보였다. 하지만 동시에 크게 성공하지는 못할 것 같다는 예감도 들었다. 왜 그런 예감이 들었는지는 나도 잘 모르겠다.

나는 그에게 내 이야기를 더 들려주었다. 조한테 대장장이 도제 교육을 받은 일과 세례명이 필립이라는 사실, 또 유산을 물려 줄 사람이 누구인지 알려고 하면 안 된다는 조건이 있다는 것까지도.

허버트는 호기심 어린 눈빛으로 날 바라보며 이렇게 말했다.

"핍. 널 다른 이름으로 부르고 싶어. 그래도 괜찮겠니?"

"그럼. 네가 지어 준 이름이라면 뭐든 상관없어."

"헨델의 작품 가운데 '화목한 대장장이'란 곡이 있어. 그래서 너를 헨델이라고 부르고 싶어."

"정말 멋지다!"

나는 진심으로 감탄했다. 허버트가 일어나며 말했다.

"헨델! 이제 우리 저녁 식사를 할까?"

저녁을 먹으면서 허버트는 내게 해비샴에 관한 이야기를 들려주었다.

"미스 해비샴은 어렸을 때부터 버릇이 없었대. 갓난아기 때 어머니가 돌아가셔서, 그녀의 아버지는 딸이 원하는 거라면 뭐든지 들어줬던 모양이야. 해비샴 씨는 네가 살던 마을의 맥주 양조업자였어. 그래서 돈이 많았고, 그만큼 자존심도 강했지. 그건 딸도 마찬가지였어. 그런데 문제는 그녀가 그의 유일한 자식이 아니었다는 거야. 배다른 남동생이 있었대. 그녀의 아버지가 자신이 고용한 요리사와 재혼을 해서 낳은 아들이었지."

"자존심이 강한 사람이었다면서 그런 결혼을 해?"

"그래서 비밀리에 결혼식을 올렸을 거야. 그런데 그 여자가 또 죽은 거야. 그녀가 죽자, 그는 딸에게 무슨 일이 있었는지를 얘기해 줬어. 그렇게 해서 그 아들이 네가 갔던 그 집에서 살게 됐던 거지. 그 아들은 나이가 들면서 점점 망가져 갔어. 돈을 물쓰듯 쓰면서 방탕한 짓만 일삼았지. 그 모습에 화가 난 아버지는 급기야 아들과 의절을 하고야 말았어. 하지만 부모 마음이 어디 그래? 아버지는 자신의 행동을 후회하고, 죽을 때 상당한 유산을 아들에게 남겨 줬어. 물론 딸에게 물려 준 것만큼은 아니었지만 말이야. 하지만 그 아들은 낭비벽을 고치지 못하고 결국 많은 빚까지 지게 됐지.

그런데 어느 날, 한 남자가 그 마을에 나타났어. 남자는 미스 해비샴과 사랑에 빠진 척했지. 그는 그녀를 끈질기게 쫓아다녔고, 결국 분별력을 잃은 그녀는 그를 마음속 깊이 사랑하게 됐어. 그는 그녀의 사랑을 이용해서 많은 돈을 챙겼지. 그녀의 친척들은 모두 가난하고 약삭빠른 사람들이었어. 내 아버지도 가난하긴 했지만 그녀의 돈을 탐내지는 않았어. 친척들 가운데서 유일하게 그런 것에 초연했던 아버지는, 그자에게 너무 많은 것을 주게 되면 결국 그의 손아귀에서 벗어날 수 없다고 그녀에게 충고했지. 그러자 미스 해비샴은 그자가 보는 앞에서 화를 내며 아버지를 쫓아냈어. 아버지는 그 뒤로 그녀를 본 적이 없으셔.

그 남자에 관한 얘기를 마저 끝낼게. 결혼 날짜가 잡히고 손님들에게 초대장이 발송됐어. 마침내 그날이 다가왔어. 그런데 신랑이 될 사람은 편지 한 통만 달랑 보내고 나타나지 않았어."

머릿속에 여러가지 생각들이 스쳐 지나갔다. 문득 확인하고
싶은 것이 생겼다.

"혹시 웨딩드레스를 입고 있을 때 그 편지를 받은 건 아닐까?
아홉 시 이십 분 전에 말이야."

허버트가 내 말에 고개를 끄덕였다.

"정확히 그때야. 그 후로 모든 시계 바늘을 멈추게 했던 거지.
그녀는 오랫동안 심하게 아팠고, 그 뒤로 집 안의 모든 걸 방치
했어. 네가 보았던 그대로야. 그녀는 외출 한번 하지 않았어."

"그게 전부야?"

"응. 아, 한 가지를 빼먹었네. 그녀가 철석같이 믿었던 그 남자
가 그녀의 배다른 남동생과 짜고 그 짓을 한 것이라는 말이 있
어. 두 사람이 처음부터 그렇게 계획을 세우고 일을 진행했다는
거지. 그 소문이 맞다면, 그들은 그녀에게서 가져간 돈을 나눠
가졌을 테지."

"만약 그녀와 결혼했으면 모든 재산이 자기 것이 될 수도 있
지 않았을까?"

"이미 결혼을 한 상태였는지도 모르지."

"두 사람은 어떻게 됐어? 아직도 살아 있어?"

"그건 모르겠어. 내가 미스 해비샴에 대해서 알고 있는 건 이
게 전부야."

허버트와 나는 해비샴에 대한 비밀을 공유하게 되면서 더욱

친해졌다. 나는 허버트에게 현재 하고 있는 일이 뭐냐고 물었다. 그는 선박 보험에 관련된 일을 하고 있다고 대답했다.

"하지만 나는 이 일에 만족하지 않아. 괜찮은 주식도 좀 살 거고 광산에도 투자할 거야. 동인도와 무역을 해서 비단, 원료, 단단한 송판 등을 수입해 올 거야. 재미있는 일이야."

"그렇게 하면 돈을 많이 벌 수 있어?"

"그럼, 많이 벌 수 있지. 나는 서인도와도 설탕, 담배, 포도주 등을 거래할 거야."

"배가 많아야겠네."

"그렇지."

나는 그가 말하는 사업의 규모에 압도되었다. 그래서 그가 보험을 들어 놓은 배들이 현재 어디에서 무역을 하고 있느냐고 물었다.

"아직 보험 일을 시작한 건 아니야. 그저 주변을 탐색하느라 바쁠 뿐이야. 지금은 회계 사무실에서 일하고 있어."

"회계 일을 해서 돈을 많이 벌 수 있다는 말이야?"

"아니, 사실 지금은 돈을 받지 않고 있어. 하지만 중요한 건 이 일을 통해 자기 주변을 돌아볼 수 있다는 거야. 그래서 마침내 기회를 잡게 되면, 그때 돈을 버는 거지. 일단 돈을 번 다음에는 그걸 쓰는 것 외에는 할 게 없잖아?"

나는 그의 말을 들으면서, 그가 옛날 정원에서 싸웠던 것과 비슷한 논리를 펴고 있다고 생각했다. 자신의 가난함을 견디는 방식도 나한테 지고 나서 보였던 행동과 정확히 일치했다.

그는 아주 간단한 것 외에는 가진 것이 없는 게 분명했다. 나중에 안 사실이지만, 내가 쓰던 대부분의 물건들은 내 이름을 달고 빌려 온 것들이었다.

그날 저녁, 우리는 런던 시내로 산책을 나갔다. 그리고 반값으로 입장할 수 있는 극장에도 들어갔다. 다음 날에는 웨스트민스터 사원에 있는 교회에서 오전을 보냈다. 오후에는 공원을 거닐었다. 공원에 나와 있는 많은 말들을 보며, 나는 과연 저 많은 말들의 편자는 누가 박았을까를 생각했고, 그러다가 자연스레 매형 조를 떠올렸다.

월요일 오후, 우리는 햄머스미스에 있는 매슈 포케트 씨의 집으로 향했다. 포케트 씨 부부는 정원에 나와 우리를 기다리고 있었다. 포케트 씨는 나를 집 안으로 데려가서 앞으로 내가 쓸 방을 보여 주었다.

잠시 뒤 포케트 씨는 그 집에 머물고 있는 드러믈과 스타톱이라는 두 청년을 내게 소개해 주었다. 드러믈은 나이가 들어 보이는 외모에 몸집이 유달리 컸다. 그는 휘파람을 불고 있었는데, 표정이나 태도가 몹시 거만해 보였다. 스타톱은 나이로 보나 외모로 보나 드러믈보다 훨씬 젊어 보였다. 그는 책을 읽고 있었는데, 머릿속이 지식으로 꽉 차서 금방이라도 폭발할 것처럼 머리를 부여잡고 있었다.

나는 필요한 물건들을 가게에서 주문하고, 런던에도 몇 차례 다녀오는 등 새로운 환경에 조금씩 적응해 갔다. 그러는 사이 그럭저럭 이삼 일이 지나갔다.

하루는 포케트 씨가 산책이나 하자며 나를 불렀다. 숲길을 걸으면서 그는 내게 재거스 씨의 말을 전했다. 그는 내가 여느 사람들처럼 직업을 갖기 위해서 교육을 받는 게 아니라, 잘사는 또래 사람들과 비슷한 교양을 갖추기 위해 교육을 받는 거라고 했다. 나는 반대할 아무런 이유가 없었기 때문에 그의 말에 따르기로 했다.

그는 자기가 추천하는 곳에서 교육을 받으라고 조언해 주었으며, 내 공부를 철저히 돌봐 주겠다고 약속했다. 나는 그런 그의 태도에 믿음이 생겼고, 우리는 자연스럽게 친해졌다.

그는 나와의 약속을 성실히 이행했다. 나도 그와의 약속을 철저히 지키려고 노력했다. 만약에 그가 선생으로서 열의가 부족한 모습을 조금이라도 보였다면, 나도 틀림없이 그랬을 것이다. 하지만 나도 학생으로서 최선을 다했기에 우리는 서로를 존중할 수 있었다.

나는 이렇듯 좋은 환경에서 열심히 공부했다. 그러다가 문득 바나드 여인숙에 방이 하나 있으면 좋을 것 같다는 생각이 들었다. 내 생활에 변화를 꾀하고 싶었고, 무엇보다 허버트와 말동무를 할 수 있을 것이기 때문이었다.

포케트 씨는 내 생각에 반대하지 않았지만, 그 전에 재거스 씨에게 직접 물어봐야 한다고 충고했다.

나는 이 문제를 재거스 씨에게 얘기했고, 그는 선선히 허락해 주었다. 그리고 내가 필요한 가구들을 살 수 있게 웨믹에게 이십 파운드를 내 주라고 지시했다. 웨믹은 그의 지시대로 금고 안에서 돈을 꺼내 주었다.

크다고 생각했던 돈이 쉽게 생기자, 나는 함부로 돈을 낭비하기 시작했다. 그렇다고 돈만 쓰고 다닌 것은 아니었다. 공부만큼은 결코 게을리 하지 않았다. 다행히도 포케트 씨와 허버트의 도움으로 더 빨리 많은 것을 배울 수 있었다.

어느 월요일 아침, 나는 비디가 보낸 한 통의 편지를 받았다. 조가 바나드 여인숙으로 나를 보러 갈 거라는 내용이었다. 편지대로라면 그가 오기로 한 날짜는 바로 내일이었다.

나는 조의 방문 소식이 조금도 달갑지 않았다. 만약 돈을 주고서라도 그를 오지 못하게 할 수만 있다면, 나는 틀림없이 그렇게 했을 것이다. 그나마 다행인 것은 그가 햄머스미스에 있는 포케트 씨의 집이 아니라 런던에 있는 내 방으로 날 찾아온다는 사실이었다.

나는 허버트나 포케트 씨가 조를 만나는 데에는 별 이의가 없었다. 두 사람은 내가 존경하는 사람들이었으므로 아무래도 괜찮았다. 그러나 거만하기 짝이 없는 드러믈이 조를 본다는 것은 죽기보다 싫었다. 드러믈이 나까지 얕잡아 볼 것 같아서였다.

다음 날 아침, 나는 일찍 일어나 객실과 식탁을 말끔히 정리했다. 곧 누군가 계단을 올라오는 소리가 들렸다.

한 발짝 한 발짝 서툴게 올라오는 소리로 보아 조가 틀림없었다. 그는 항상 헐렁한 구두를 신고 다녔다. 방 안에 들어오는 데 시간이 걸리는 것으로 보아 조라는 생각이 확실히 굳어졌다. 아마 그는 지금 다른 층에 붙어 있는 명패를 일일이 확인하고 있을 것이다.

마침내 그가 내 방문을 살짝 두드리고 들어왔다.

"조, 잘 지냈어요?"

"핍, 잘 있었어?"

"조, 다시 만나서 기뻐요. 모자는 이리 줘요."

그러나 조는 알이 든 새집을 감싸듯 모자를 두 손으로 조심스럽게 감싸 쥐고 놓지 않으려 했다. 그는 그렇게 불편한 자세로 서서 계속 말을 이어 갔다.

"정말 많이 컸구나. 살도 붙고, 아주 어엿한 신사가 됐어!"

"조도 좋아 보여요. 다들 잘 지내죠?"

"누나는 전보다 나빠지지는 않았어. 다행스러운 일이지. 비디도 잘 있단다. 늘 우리를 정성껏 돌봐 줘. 윕슬 씨는 교회를 떠나 극단에 들어갔고, 다른 사람들도 별 탈 없이 그럭저럭 지내."

잠시 뒤 허버트가 들어왔다. 나는 그에게 조를 소개시켰다. 허버트가 손을 내밀어 악수를 청했다. 그러나 조는 모자만 꼭 붙든 채 뒤로 주춤주춤 물러나며 이렇게 말했다.

"아닙니다. 저 같은 하인이 어찌 감히 그럴 수 있겠습니까? 만약 저라면 이토록 깨끗한 곳에서 돼지는 키우지 않겠습니다. 아무리 건강하고 살찐 돼지를 기르고 싶다고 해도 그렇게 해서는 안 되는 법이죠."

조는 그처럼 이상한 방식으로 내 방을 칭찬했다. 그는 식탁에 앉으라는 권유에 주위를 두리번거리며 모자를 놓을 마땅한 곳을 찾았다. 결국 그는 벽난로 선반 한쪽 구석에 모자를 조심스럽게 놓았다.

허버트가 조에게 물었다.

"가저리 씨, 홍차 한잔 드시겠어요? 아니면 커피?"

조는 머리부터 발끝까지 잔뜩 굳어 있었다.

"편한 거로 아무거나 주세요."

"커피 어떠세요?"

"고마워요. 커피를 주시겠다면 그렇게 하세요. 불만은 없습니다. 그런데 커피는 뜨겁지 않나요?"

조는 커피를 마시는 게 마땅치 않은 모양이었다.

"그럼 차를 달라고 하면 되잖아요."

허버트가 차를 따르며 말했다. 그때 조의 모자가 선반에서 떨어졌다. 그는 의자에서 벌떡 일어나 모자를 주워 정확하게 그자리에 다시 얹어 놓고 돌아왔다. 모자는 수시로 떨어졌고, 그럴 때마다 조는 똑같은 행동을 되풀이했다.

나는 그런 조를 계속해서 지켜보고 있었다. 그러다가 조의 셔츠 깃과 외투 깃을 보면서 생각했다. 조는 외출을 할 때 왜 그렇게 불편한 깃을 착용하는 걸까? 왜 굳이 불편함을 감수하려고 하는 걸까? 나로선 도무지 이해할 수 없었다.

조는 모자를 식탁 위에 올려놓았다. 그러고는 찻잔을 입에 가져가다 말고 깊은 생각에 잠긴 듯했다. 그는 엉뚱한 방향을 쳐다보면서 계속 재채기를 하며 고통스러워했다. 또한 식탁에서 멀리 떨어져 앉는 바람에 먹는 것보다 흘리는 게 더 많았다. 그런데도 안 그러는 것처럼 행동했다.

나는 조금이라도 빨리 그 상황에서 벗어나고 싶었다. 허버트가 시내에 간다며 일어섰을 때, 나는 속으로 뛸 듯이 기뻤다.

나는 모든 것이 다 내 잘못이라고 생각하지 않았고, 그럴 만큼 착하지도 않았다. 내가 조를 편하게 대했더라면 조도 나를 편하게 대했을 것이라는 생각도 미처 하지 못했다. 자꾸 괜한 짜증만 났다.

"이제 우리 둘만 있게 됐군요, 나리."

허버트가 나가자, 조가 내게 말했다.

"조, 어떻게 나한테 나리라고 할 수 있어요?"

조는 잘못한 아이를 쳐다보듯 나를 빤히 쳐다봤다. 그가 말을 이어 나갔다.

"이제 우리 둘만 있게 됐으니, 내가 여기에 온 용건을 얘기할 게요. 며칠 전, 펌블추크 씨가 나한테 와서 미스 해비샴이 날 보자고 한다고 했어요. 그래서 다음 날 가서 그분을 뵈었죠. 나한테 핍과 연락을 하고 사느냐고 묻기에 그렇다고 대답했어요. 그랬더니 에스텔라가 집에 와 있는데, 핍을 보고 싶어 한다는 말을 전해 주라고 하더군요."

얼굴이 화끈거렸다. 조가 그 소식을 전하려고 먼 길을 왔다고 생각하니, 그를 소홀히 대접한 게 미안해졌다.

"그래서 비디에게 편지를 써 달라고 했어요. 그러자 비디가 그런 이야기는 핍에게 직접 말로 전하는 게 좋다고 해서 이렇게 온 거예요. 이제 내가 할 일은 다 끝났네요, 나리."

조는 천천히 의자에서 일어섰다.

"핍, 늘 건강하고 하는 일마다 성공하길 바랄게요."

"조, 지금 가는 건 아니죠?"

"지금 가려고요."

"조, 그러지 말고 이따가 저녁 먹으러 다시 와요. 올 거죠?"

"그럴 수 없어요."

우리는 잠시 서로를 바라보았다. 먼저 손을 내민 사람은 조였다. 그 순간, '나리'라는 호칭 안에 깔려 있던 어색함이 눈 녹듯이 사라졌다.

"내 친구 핍! 나는 이런 옷을 입으면 어색해 죽겠어. 대장간과 부엌과 늪을 벗어나면 너무 어색해진다니까. 대장간에서 입는 작업복을 입고 망치를 들고 있거나 파이프를 물고 있으면 전혀 이상하지 않은데 말이야. 그럴 수 있을지는 모르지만, 만약 내가 보고 싶거든 언제든 와. 와서 대장간 창문으로 내가 일하는 모습을 내려다보라고. 전혀 이상하지 않을 거야. 여하튼 내 친구 핍! 잘 있어! 하나님이 돌봐 주실 거야!"

그에게도 그만의 자존심이 있다는 평소의 내 생각은 역시 틀리지 않았다. 조는 내 이마에 살짝 손을 댄 다음 밖으로 나갔다. 얼이 빠져 있던 나는 정신을 차리자마자 밖으로 달려 나갔다. 그러고는 그를 찾아 거리를 헤맸다. 그러나 그는 이미 가 버리고 없었다. 나는 다음 날 고향에 내려가기로 마음먹었다.

제 7 장

차가운 심장

오후에 출발한 마차는 늦은 저녁이 되어서야 그곳에 도착했다. 시골 여인숙에서 하룻밤을 묵은 나는, 다음 날 아침 일찍 일어나 해비샴 댁에 갈 채비를 했다. 하지만 남의 집을 방문하기에는 너무 이른 시각이었다.

그래서 나는 천천히 걸어가기로 했다. 오랜만에 마을 길을 걸으면서, 나는 내 은인인 해비샴과 그녀가 나를 위해 준비해 놓은 화려한 계획들에 대해 곰곰 생각해 보았다.

그녀는 에스텔라를 양녀로 삼았다. 어찌 보면 나 역시 그녀의 양자나 마찬가지였다. 그녀가 우리 둘을 만나게 하려는 데에는 나와 에스텔라를 맺어 주려는 의도가 있는 게 분명했다.

그녀는 내게 낡은 집을 원래의 모습으로 되돌리게 하고, 컴컴한 방에 햇볕이 들게 하고, 시계 바늘을 다시 돌아가게 하고, 차가운 난로에 불을 지피게 할 것이다. 내게 그러한 일들을 시키려고 그 저택을 그렇게 내버려 둔 것이다. 그래서 중세 영웅 이야기에 나오는 기사처럼, 내가 빛나는 위용을 갖추고 공주와 결혼하길 원하는 것이다.

나는 적당한 시각에 해비샴 댁을 찾았다. 숨을 가다듬고 나서 떨리는 손으로 초인종을 눌렀다. 그런데 전혀 예상치 못한 사람이 문을 열어 주었다.

"올릭!"

"아니, 이게 누구신가! 몰라보게 변하셨군요. 어서 들어오세요. 문을 마냥 열어 놓고 있으면 안 되니까요."

내가 안으로 들어서자, 그는 얼른 문을 잠갔다.

"여긴 어떻게 왔죠?"

내가 물었다.

"두 다리로 걸어서 왔습죠."

"좋은 일로 와 있는 건가요?"

"젊은 나리, 적어도 해를 끼치려고 여기에 온 건 아니죠."

비록 오랜만에 만났지만 반가움보다는 찜찜한 기분이 먼저 들었다.

올릭의 안내를 받아 현관을 지나고 있을 때였다. 현관문 바로 옆에 올릭의 방이 있었다. 주렁주렁 걸려 있는 열쇠들과 낡은 침대 하나가 고작인 허름한 방이었다. 나는 그 안을 들여다보며 올릭과 꽤 잘 어울리는 공간이라고 생각했다.

"전에는 문지기 방이 따로 없었는데."

"그땐 없었죠. 하지만 어중이떠중이들이 드나들면서부터 경비가 필요하다고 생각하셨나 봐요. 나로선 잘된 일이죠. 어쨌든 지겨운 망치질, 풀무질보단 편하니까. 저건 총알이 들어 있는 진짜 총입니다."

올릭이 벽난로 위에 놓인 놋쇠로 만든 총을 가리키며 말했다.

그사이 우리는 복도 모퉁이에 다다랐다. 올릭이 종을 울렸다. 잠시 뒤 사라 포케트가 나타났다. 그녀는 나를 해비샴의 방으로 안내했다.

"핍, 어서 오렴."

해비샴이 말했다. 그녀는 비쩍 마른 두 손을 포개 지팡이를 잡고 낡은 식탁 가까이에 있는 의자에 앉아 있었다. 그리고 그녀 곁에는 내가 한 번도 본 적 없는 우아한 숙녀가 앉아 있었다.

나는 해비샴의 손에 입을 맞췄다. 해비샴은 나를 쳐다보지도 않고 중얼거렸다.

"어서 오렴, 핍. 오랜만이구나. 내가 여왕이라도 되니? 손에 입을 다 맞추고."

"저를 보자고 하셔서 바로 달려온 참이랍니다."

내 말이 끝나자 우아한 숙녀가 눈을 치켜뜨고 나를 거만하게 쳐다보았다. 순간, 숨이 멎는 것만 같았다. 나는 그 눈이 에스텔라의 눈이라는 걸 알아차릴 수 있었다. 하도 변한 나머지 금방 알아보지 못했던 것이다. 그녀는 전보다 훨씬 더 아름다웠고, 훨씬 더 여성스러워져 있었다.

자못 달라진 그녀에 비해 나는 조금도 나아지지 않은 것 같았다. 그녀 앞에 서자, 나는 다시 한없이 작아져서 예전의 그 천한 시골뜨기로 되돌아간 것 같았다.

그녀가 내게 가늘고 흰 손을 내밀었다. 나는 다시 만나게 돼서 기쁘며, 이 순간을 늘 고대하고 있었다고 말했다.

"핍, 어떠냐? 에스텔라가 많이 변한 것 같니?"

"사실 전 에스텔라가 아닌 줄 알았어요. 그런데 지금 보니까 어렸을 적 모습이 보이네요."

그러자 해비샴이 내 말을 가로막았다.

"예전의 에스텔라 얘기를 하려는 건 아니겠지? 거만하고 무례한 이 아이가 싫다며 집에 가겠다고 한 적도 있잖니? 생각나지 않니?"

당황한 나는 그건 오래전 일이며, 그때는 아무것도 모르던 때였다고 얼버무렸다. 에스텔라는 단아한 웃음을 띠었다. 그러고는 내가 하는 말이 다 사실이며, 그때는 자신이 몹시 불쾌하게 굴었다는 것을 인정했다.

해비샴이 그녀에게 물었다.

"핍이 그사이에 변했니?"

에스텔라가 나를 바라보며 말했다.

"정말 많이 변했어요."

해비샴이 에스텔라의 머리를 만지작거리며 말했다.

"이제는 천한 시골뜨기 같지 않단 말이냐?"

에스텔라가 활짝 웃으며 나를 바라보았다. 그녀는 여전히 나를 어린애로 여기는 듯했다. 그녀는 그동안 프랑스에서 공부를 하고 돌아왔으며, 곧 런던으로 갈 거라고 했다.

나는 나머지 시간을 이곳에서 보내기로 마음먹었다. 런던에는 다음 날 돌아갈 생각이었다. 에스텔라와 내가 이런저런 이야기를 나누자, 해비샴은 우리한테 잡초가 무성한 정원으로 나가 산책을 하라고 지시했다.

에스텔라와 나는 정원으로 나갔다. 내가 하버트와 싸웠던 곳 근처에 다다랐을 때, 그녀가 걸음을 멈추고 말했다.

"고백할 게 하나 있어. 사실 그날, 너희가 싸우는 모습을 숨어서 지켜봤어. 그러고 보면 나도 참 괴짜야. 그치? 하지만 무척 재미있었어."

"더 재미있는 얘기 하나 해 줄까? 그 허약했던 소년이 지금은 내 둘도 없는 친구가 되었어."

"정말? 네가 그 애의 아버지 밑에서 공부한다는 소리를 들은 것 같아."

나는 그 사실을 인정하기 싫었다. 왠지 나 자신이 어린애처럼 느껴졌기 때문이다. 그래서 그냥 말끝을 흐렸다.

정원의 잡초가 너무 무성하게 자라서 쉽게 걸음을 옮길 수가 없었다. 할 수 없이 우리는 양조장이 있는 안마당으로 다시 돌아 나왔다. 그녀가 나한테 음식을 가져다주었던 곳이었다. 나는 그녀에게 그 가슴 아픈 기억을 환기시켜 주었다.

그녀가 말했다.

"그런 일이 있었어? 내 기억엔 없는데."

"나를 울게 만들었던 것도 기억나지 않는단 말이야?"

"안 나."

그녀는 고개를 저으며 주변을 둘러보았다. 나는 그녀가 나와의 일을 기억하지 못하면서도 전혀 개의치 않는다는 사실에 속으로 또 한 번 울었다. 그건 지금껏 내가 경험한 그 어떤 아픔보다 강렬한 것이었다.

그녀가 말했다.

"핍, 네가 꼭 알아야 할 게 있어. 내 심장은…… 얼음처럼 차가워. 나는 그 어떤 감정도, 동정심도 없는 사람이야."

나는 그 말을 믿을 수 없었다. 아니, 믿고 싶지 않았다. 차가운 심장을 가졌다면 이토록 아름다울 수는 없을 테니까.

"난 심각하게 말하는 거야. 우리가 설사 사귀게 된다 하더라도 이 사실을 기억해 두는 게 좋을 거야."

내가 무슨 말을 하려 하자, 그녀가 재빨리 말문을 막았다.

"난 지금까지 그 누구도 사랑해 본 적이 없어. 결코 그런 감정을 느껴 본 적이 없어……. 자! 정원을 한 바퀴만 더 돌고 들어가자. 내가 아무리 잔인하게 굴어도 오늘만큼은 울지 않겠지? 나를 보살펴야 하잖아. 나, 어깨에 좀 기댈게."

에스텔라의 아름다운 드레스가 땅 위에 살짝 끌렸다. 그녀는 한 손으로 드레스를 잡고, 다른 손으로는 내 어깨를 살짝 짚었다. 우리는 오래된 정원을 두세 바퀴 더 돌았다. 황폐한 잡초 사이에서 아름다운 꽃들이 폭죽처럼 펑펑 꽃망울을 터뜨렸다. 물론 에스텔라의 눈에는 그게 보일 리 없었다. 그것은 나만이 볼 수 있는, 내 마음 밭에 핀 꽃들이었으니까.

그렇게 둘만의 꿈같은 시간을 보낸 뒤 우리는 집 안으로 들어갔다. 그곳에서 나는 내 보호자인 재거스 씨가 볼일이 있어 해비샴을 만나러 왔었다는 이야기를 듣게 되었다. 그리고 저녁 식사 때 다시 올 거라는 말도 들었다.

해비샴은 의자에 앉아 나를 기다리고 있었다. 에스텔라가 옷을 갈아입으려고 잠시 나가는 바람에 해비샴과 나, 두 사람만 남게 되었다. 그녀가 내게 말했다.

"어때? 에스텔라가 아름답고 우아하고 멋있게 변했더냐? 저 애가 좋아?"

"에스텔라를 본 사람이라면 누구라도 그럴 거예요."

그러자 해비샴은 내 목에 자신의 팔을 감고 의자 가까이로 나를 끌어당겼다.

"저 애를 사랑해라! 사랑해! 저 애가 너를 어떻게 대하더냐?"

내가 미처 대답도 하기도 전에, 그녀는 자신이 한 말을 되풀이했다.

"저 애를 사랑해라! 사랑해! 저 애가 너를 좋아해도 사랑하고, 저 애가 너에게 상처를 줘도 사랑하고, 저 애가 너의 가슴을 갈기갈기 찢어도 사랑하고 또 사랑해라!"

가느다란 그녀의 팔에 힘이 들어가는 것을, 나는 느꼈다.

"핍, 내 말을 들어! 나는 다른 사람들이 저 애를 사랑하기를 원해. 그래서 양녀로 삼았지. 저 애를 사랑해라! 내가 진짜 사랑이 뭔지 네게 가르쳐 주마. 그것은 맹목적인 헌신, 한없이 자신을 낮추는 겸손, 완전한 복종, 자신과 세상에 대한 믿음, 연인에게 네 마음과 영혼을 모두 바치는 거야……. 내가, 내가 그랬듯이 말이지."

그녀는 마지막 말을 하면서 울부짖었다. 그리고는 의자에서 일어나 벽에 자신의 몸을 부딪히려는 것처럼 손으로 허공을 치더니 이내 주저앉았다.

하지만 그녀는 놀라울 만큼 빨리 제정신으로 돌아왔다. 얼마

안 있어 재거스 씨가 방으로 들어왔다. 그는 해비샴과 몇 마디를 나눈 뒤 나를 데리고 다른 곳으로 갔다. 그곳에선 에스텔라와 사라 포케트가 우리를 기다리고 있었다.

식탁에 둘러앉은 우리는 근사하게 차려진 저녁을 맛있게 먹었다. 식사가 끝나고 에스텔라와 사라가 나가자, 재거스 씨는 아주 오래된 고급 포도주 한 병을 가져왔다.

나는 재거스 씨가 그렇게 과묵한 모습을 하고 있는 것을 처음보았다. 그는 저녁을 먹는 내내 마치 큰 결심이라도 한 사람처럼 말을 아꼈다. 에스텔라에게도 눈길 한번 주지 않았다.

그런데 나와 단둘이 남게 되자, 갑자기 허풍을 떨기 시작했다. 말문이 막히면 포도주를 한잔 마시고는 한참 음미하기도 했다. 내가 뭔가를 물어볼 새도 없이, 그는 자기 말만 했다. 그 어떤 질문에도 답변을 할 수 없다는 태도였다.

잠시 뒤 우리는 해비샴의 방으로 다시 올라가 카드놀이를 했다. 게임 중간중간에 해비샴은 화장대에서 아름다운 보석들을 꺼내 에스텔라의 머리 위에 얹어 주었다. 목과 팔도 보석으로 치장해 주었다. 에스텔라는 정말 눈부시게 아름다웠다. 재거스 씨마저도 내심 놀라는 눈치였다.

우리는 아홉 시까지 카드놀이를 했다. 숙소로 돌아가야 할 시각이었다. 나는 에스텔라에게 런던에 오게 될 경우 미리 알려주면 마중을 나가겠노라고 했다. 나는 그녀의 이마에 가볍게 키스를 하고 숙소로 돌아갔다.

그날 밤, 나는 쉽게 잠을 이루지 못했다. 해비샴의 말이 마법에라도 걸린 것처럼 끊임없이 내 귓전을 울렸기 때문이다.

"그 애를 사랑해라! 그 애를 사랑해라! 그 애를 사랑해라!"

나는 그 말을 바꿔 수백 번이나 되풀이했다.

"나는 그녀를 사랑합니다! 나는 그녀를 사랑합니다! 나는 그녀를 사랑합니다!"

한때는 대장장이의 심부름꾼에 불과했던 내게 그녀가 운명적으로 다가올 거라는 예감이 들었다. 그러자 갑자기 목이 메었다. 나는 그녀가 언제부터 나한테 관심을 가져 줄 것인지 무척 궁금했다. 잠자고 있는 그녀의 마음이 언제, 어떻게 깨어날지 내 영혼을 팔아서라도 알고 싶었다.

나는 높고 위대한 감정의 한복판에 놓여 있었다. 그래서 비록 고향에 왔지만, 조를 찾지 않은 것이 크게 잘못됐다고는 생각지 않았다. 에스텔라는 조를 경멸할 것이 분명했다. 나 역시 그녀처럼 조를 멀리하고만 싶었다.

하지만 불과 하루 전만 해도 나는 조 때문에 눈물을 흘리지 않았던가. 물론 그 눈물은 금세 말라 버렸다. 하나님, 저를 용서하소서! 너무나도 빠르고 쉽게 말라 버린 제 눈물을!

다음 날 아침, 나는 같은 여인숙에 묵고 있던 재거스 씨에게 올릭의 됨됨이를 말해 주었다. 한마디로 해비샴 댁에서 일할 간

한 사람이 못 된다는 얘기였다.

"핍, 알겠어. 곧 가서 내보내도록 할게."

나는 재거스 씨의 즉각적인 결정에 조금 놀랐다. 그는 정오에 마차를 같이 타고 런던으로 돌아가자고 했다. 나는 고개를 끄덕였고, 그는 다른 일을 보러 잠시 밖으로 나갔다.

내가 집으로 돌아오자, 식은 고기로 식사를 하던 허버트가 나를 반갑게 맞이해 주었다. 나는 함께 저녁을 먹고 나서 허버트에게 내 비밀을 털어놓아야겠다고 생각했다.

저녁 식사를 마친 뒤 우리는 난로 앞에 마주 보고 앉았다. 내가 먼저 운을 뗐다.

"허버트, 너한테 털어놓고 싶은 아주 특별한 얘기가 있어."

"오, 헨델. 네가 나를 믿어 준다니 정말 영광이야."

"허버트, 이건 나 자신과 또 한 사람에 관한 얘기야."

허버트는 다리를 꼬고 앉아 고개를 한쪽으로 갸우뚱한 채 난롯불을 바라보았다. 그는 한동안 그런 자세로 있더니, 내가 아무 말이 없자 넌지시 나를 바라보았다. 나는 그의 무릎에 손을 얹으며 말했다.

"허버트, 나는 에스텔라를 진심으로 사랑해."

허버트가 아무렇지도 않은 듯 말을 받았다.

"그래서?"

"그래서라니? 그게 네가 말할 수 있는 전부니?"

"내 말은 그래서 어떻게 할 거냐는 거지. 사실 나는 네 마음을 이미 알고 있었어."

"어떻게 알았지?"

"내가 어떻게 알게 됐냐고? 헨델, 너한테서 알았지."

"나는 아무 말도 하지 않았잖아."

"아니. 분명 나한테 얘기했어! 가령, 네가 머리를 깎았다면 나한테 그걸 굳이 얘기할 필요가 없는 거야. 말을 하지 않아도 금방 알아보니까 말이야. 나는 네 눈을 보고 알았어. 내가 너를 처음 만났을 때부터 줄곧 너는 그녀를 사랑하고 있었어. 너는 지금, 그녀에 대한 사랑을 여행 가방에 담아 이곳으로 가지고 온 거나 마찬가지야. 그러니 나한테 얘기한 셈이지! 그러니까 너는 늘 네 얘기를 나한테 들려준 셈이야! 아주 어렸을 때부터, 그녀를 처음 본 순간부터, 그녀를 사랑하기 시작했노라고 말이야."

내가 말했다.

"그랬구나. 여하튼 나는 그녀를 포기한 적이 없어. 그런데 지금 그녀가 더 아름다운 모습으로 돌아왔어. 어제 만나고 왔거든. 나는 전보다 더 깊이 그녀를 사랑하고 있어."

"헨델, 그런 여자를 만난 넌 운이 좋은 남자야. 그런데 에스텔라는 이 문제에 대해서 어떻게 생각하지?"

나는 풀이 죽은 채 머리를 가로저었다.

"아! 그녀의 마음은 나로부터 천리만리 떨어져 있어."

"헨델, 인내심을 가져야지. 시간도 충분히 있잖아. 그런데 더 얘기하고 싶은 게 있는 거야?"

"창피하지만 기왕 말이 나온 김에 마저 얘기할게. 너는 나더러 운이 좋다고 했는데, 그건 어느 정도 사실이야. 불과 얼마 전까지만 해도 나는 대장장이 도제 생활을 하는 신세였으니까 말이야. 이렇게 된 것은 내 노력 때문이 아니잖아. 운이 좋아서 그렇게 됐을 뿐이야. 하지만 에스텔라만 생각하면……."

"넌 항상 에스텔라를 생각하고 있잖아."

타오르는 불길을 바라보며 허버트가 말했다. 나는 그가 참 친절한 사람이라고 생각했다.

"아, 허버트. 난 내가 얼굴도 모르는 타인에게 얼마나 의지하고 있으며, 또 그런 내 미래가 얼마나 불투명한지 생각하면 참을 수가 없어. 내가 기대하는 모든 것이 결국 한 사람에게 달려 있는 셈이잖아. 또 그 유산에 대해 자세히 모른다는 게 얼마나 막연하고 불안한지!"

마음 깊이 담아 두었던 말을 해 버리자, 한결 마음이 가벼워졌다.

허버트가 말했다.

"네 보호자인 재거스 씨가 너한테 유산뿐만이 아니라 다른 것도 물려받을 거라고 말했다면서. 설령 그분이 너한테 그렇게 애기를 하지 않았다고 하더라도, 재거스 씨가 어떤 사람인데 근거 없이 너하고의 관계를 유지하겠니?"

허버트의 말은 분명 일리가 있었다.

"그건 분명한 거야. 나머지 일은 여유를 갖고 기다려. 보호자에게 시간을 주고, 너도 시간을 갖고 여유 있게 기다리면 되잖아. 너는 머지않아 스물한 살이 될 거야. 그때가 되면 너는 지금보다 더 많은 것을 알게 될지도 모르잖아."

"넌 모든 일에 참 긍정적이야."

"그래야지. 나한테는 좋은 게 없으니까. 우리 아버지한테 너에 관해 들은 게 있어. '일은 결정되고 완성된 것이다. 그렇지 않다면 재거스 씨가 그 일에 관여하지 않았을 것이다.'라고 아버지가 말씀하셨지. 갑자기 질투가 나는데? 괜히 너한테 못되게 굴고 싶어."

허버트가 장난기 어린 표정으로 말했다.

"넌 절대 그렇게 못 할걸."

그러자 허버트가 진지한 목소리로 이렇게 말했다.

"자, 이제부터 너한테 그리 유쾌하지 않은 소리를 하나 할 테니 이해하고 들어 봐. 만약 너의 보호자가 에스텔라의 이름을 한 번도 언급하지 않았다면, 네가 유산을 받는 것하고 에스텔라는 아무런 상관이 없어. 사실, 너의 은인은 네가 결혼을 어떻게 해야 하느냐에 관해서는 언급한 적이 없잖아."

"그건 그렇지."

"그렇다면 헨델, 그녀와 약혼한 사이도 아니니까 그녀를 포기하면 되지 않을까? 안 그러면 네가 비참해질 수도 있어."

"허버트, 그럴지도 모르지. 하지만……."

"그녀를 포기하지 못하겠다는 거야?"

"못 하겠어. 그건 불가능해!"

허버트는 자리에서 일어나 불쏘시개로 불을 뒤적거렸다. 그러고는 방 안을 이리저리 거닐다가 다시 의자에 앉았다.

그가 말했다.

"나도 비밀을 하나 털어놓을게. 사실 내게는 약혼녀가 있어. 런던에 살고 있는데, 이름은 클라라야. 그런데 나는 그녀의 아버지를 한 번도 뵌 적이 없어. 목소리만 들었어. 왜냐하면 몹시 편찮으시거든. 그분은 그 집 위층에서 내려온 적이 없어. 하루 종일 소리만 지르지. 나는 돈을 많이 벌어야 해. 그래야 그녀와 결혼할 수 있거든. 하지만 현재 내 처지를 보면 그럴 수가 없으니 답답하지."

말을 마친 그는 하염없이 난롯불만 바라보았다.

제 8 장
진짜 어른이 되는 법

어느 날 나는 편지 한 통을 받았다. 나는 겉봉에 적힌 글씨체만 보고도 누가 보낸 건지 단박에 알아차릴 수 있었다. 편지에는 이렇게 쓰여 있었다.

모레 정오에 출발하는 마차로 런던에 가게 될 거야. 내가 런던에 가면 마중 나오겠다고 했지? 미스 해비샴은 당연히 그래 줄 거라 생각하고 계셔. 그래서 이 편지를 쓰는 거야. 안부 전하래.

－에스텔라

시간만 있었다면 에스텔라를 만날 그날을 위해 여러 벌의 양복을 장만했을 테지만 그러기에는 너무 바빴다. 결국 나는 갖고 있는 옷에 만족해야 했다. 그녀의 편지를 받은 뒤로, 나는 곧잘 소화불량에 시달렸으며 늘 안절부절못했다.

에스텔라가 오기로 한 날 아침, 나는 그녀를 태운 마차가 출발하기 전부터 도착지에 가서 기다리기 시작했다. 마침내 마차가 도착했다. 창문으로 에스텔라의 얼굴이 보였다. 그녀가 나를 향해 손을 흔들었다.

모피로 만든 여행복을 입은 에스텔라는 얼마 전보다 더 기품 있고 아름다워 보였다. 그녀의 몸가짐에는 사람을 끌어들이는 마력 같은 것이 숨어 있었다. 나는 해비샴이 그녀를 그렇게 바꿔 놓았다고 생각했다.

우리는 대합실 앞에서 인사를 나눴다. 그녀가 손으로 자신의 짐을 가리켰다. 나는 아무 말 없이 그녀의 짐을 챙겼다. 그러면서도 나는 그녀 외에는 아무것도 생각하지 못했다. 심지어 그녀가 가는 곳도 모르고 있었다.

다행히 그녀가 먼저 말을 꺼냈다.

"리치몬드로 가는 중이야. 여기에서 십오 킬로미터쯤 떨어진 곳이래. 나를 그곳까지 데려다 줘. 이 지갑에서 마차 삯을 꺼내 지불해. 꼭 그래야 해. 그렇게 지시하셨거든. 우린 지시를 따르는 거 이외에는 선택의 여지가 없는 사람들이잖아."

"에스텔라, 마차가 올 때까지 여기서 잠깐 쉬고 있을래?"

"응, 그럴게. 미스 해비샴의 계획에 의하면 난 여기서 쉬면서 차를 마시기로 되어 있으니까."

에스텔라는 그렇게 말하고선 내 팔짱을 끼었다. 하지만 그녀의 그런 행동에는 어떠한 감정도 섞여 있지 않았다.

나는 웨이터에게 조용한 방을 하나 달라고 했다. 웨이터는 위층에 있는 방으로 우리를 안내했다. 나는 홍차를 주문한 뒤 에스텔라에게 물었다.

"리치몬드 어디로 가는데?"

"나는 그곳에서 브랜들리 부인이라는 분하고 엄청난 돈을 쓰면서 호화롭게 살게 될 거야. 그분은 사람들을 내게 소개해 주고, 또 나를 사람들에게 소개시키게 될 거야."

"여러 사람들을 만나고 좋겠네?"

"그렇겠지. 매슈 포케트 씨 댁에서는 잘 지내는 거야?"

"응. 너와 떨어져 있어서 안타깝긴 하지만 그런대로 즐겁게 지내고 있어."

에스텔라가 말했다.

"그런 바보 같은 말이 어디 있니? 매슈 포케트 씨가 미스 해비샴의 친척 가운데 가장 나은 사람이지?"

"맞아."

"그분은 친절하고 질투심이나 증오심이 없다는 말을 들은 것 같은데, 진짜 그래?"

"맞아."

"하지만 다른 친척들에 대해서는 그렇게 말할 수 없을걸. 그자들이 너한테 불리한 말들을 자꾸 써 보내 미스 해비샴을 괴롭히고 있어. 너는 너를 향한 그 사람들의 증오심이 얼마나 큰지 상상조차 할 수 없을 거야."

"설마 나한테 해를 끼치려고 그러는 건 아니겠지?"

에스텔라는 대답 대신 웃음을 터뜨렸다. 내가 말했다.

"그 사람들이 나한테 해를 끼치는데도 네가 설마 그렇게 즐거워하지는 않겠지?"

그러자 에스텔라가 말했다.

"물론 그러지는 않을 거야. 그건 안심해도 좋아. 그들이 자기들 마음대로 못 하니까, 그게 재미있어서 웃는 거야. 해비샴한테 붙어서 모진 시련을 당하는 그 사람들을 생각해 보라고!"

그녀는 다시 웃었다. 그러나 그녀의 반응은 조금 지나쳐 보였다. 나는 내가 알지 못하는 뭔가가 있다고 생각했다. 그녀가 내 마음을 알았는지, 궁금증을 풀어 주었다.

"나는 그들이 실패하는 것을 보면 너무너무 즐거워. 나는 갓난아이 때부터 그 집에서 자라서 그 집 사람들을 잘 알아. 걱정할 것 없어. 그 사람들은 백 년이 가도 미스 해비샴과 너의 관계를 무너뜨릴 수는 없을 테니까. 널 절대 해치지 못할 거야. 그건 내가 약속할 수 있어."

그녀가 장난치듯 나한테 손을 내밀었다. 나는 그녀의 손에 입술에 갖다 댔다.

"이 바보야. 그렇게 주의를 줘도 못 알아듣겠어? 아니면, 언젠가 내 뺨에 입을 맞췄던 때와 같은 심정으로 내 손에 입을 맞추는 거야?"

"그게 어떤 심정이었는데?"

"그건 생각해 봐야 알겠는걸? 아마도 해비샴의 총애를 받으려고 하는 사람들에 대한 경멸이었겠지."

"내가 그렇다고 하면 볼에 입 맞추게 해 줄 거야?"

"내 손에 입을 맞추기 전에 물어봤어야지. 하지만 네가 좋다면 그렇게 해 줄게."

나는 몸을 굽혔다. 그녀의 침착한 얼굴은 마치 돌처럼 단단해 보였다. 그녀는 내 입술이 볼에 닿자마자 몸을 돌리며 말했다.

"차를 마시고 나를 리치몬드까지 데려다 줘야 해."

우리는 차를 마시고 계산을 한 다음, 마차를 타고 리치몬드로 향했다. 햄머스미스를 지나칠 때, 나는 저곳이 매슈 포케트 씨가 사는 곳이라고 그녀에게 말해 주었다. 그리고 리치몬드에서 그리 멀지 않으니 가끔 그녀를 만나러 가고 싶다고 했다.

"그래그래. 보러 와. 적당하다고 생각될 때 와. 그분 가족한테 네 얘기를 해야겠어. 아니, 이미 네 얘기를 했을 거야."

"그런데 미스 해비샴은 왜 그렇게 빨리 너와 헤어지려고 했을까? 그걸 모르겠어."

에스텔라가 한숨을 내쉬며 말했다.

"거기 가는 것도 다 그녀의 계획 가운데 하나야. 나는 계속해서 편지를 써야 하고 규칙적으로 만나러 가야 해, 핍."

에스텔라가 아주 정답게 내 이름을 불렀다. 일부러 그랬겠지만, 기분이 나쁘지는 않았다.

우리는 리치몬드에 너무 일찍 도착했다. 그 집은 비록 오래되었지만 여기저기 기품이 묻어 났다. 초인종을 누르자 하인 둘이 뛰어나와 에스텔라를 맞았다. 그녀는 나한테 손을 내밀고 웃음을 짓더니 잘 가라는 말을 남기고는 안으로 사라졌다.

나는 한참 동안 그 집을 바라보았다. 그 집에서 그녀와 같이 살면 얼마나 행복할까 하는 생각에 잠기기도 했다. 그러나 나는 언제나 슬프기만 했을 뿐, 그녀와 함께 있어 행복해 본 적이 없다는 걸 잘 알고 있었다.

리치몬드에서 돌아오는 내내, 나는 마음이 아팠다. 그래서 얼른 집으로 돌아가 매슈 포케트 씨의 충고를 듣고 싶었다. 하지만 그가 집에 없어 포기하고 말았다.

나는 언젠가 받게 될 유산에 조금씩 익숙해져 갔다. 그러다 보니 그것이 나와 내 주위 사람들에게 끼치는 영향에 대해 자연스럽게 의식하게 되었다. 유산이 내게 끼치는 영향을 모른 체하고 싫기도 했지만, 그건 소용없는 일이었다. 우선 조에 대한 내 행동 때문에 늘 신경이 쓰였다. 비디를 향한 내 태도도 결코 편한 것은 아니었다.

어쩌다 한밤중에 깨면 이런 생각에 잠기기도 했다. 만약 내가 해비샴을 만나지 않았더라면, 그래서 조와 동업자로서 대장간에서 정직하게 일하며 살았더라면 더욱 행복했을 것이라고.

허버트에게 끼친 영향도 그리 좋은 것은 아니었다. 내가 돈을 쓰는 방식에 맞추다 보니 그도 자신이 감당할 수 없는 돈을 쓰게 되었다. 단순했던 그의 삶이 망가지고 걱정거리만 늘어나게 된 셈이었다.

허버트와 내가 결정적으로 돈을 많이 쓰게 된 것은 '작은 숲의 방울새'라고 불리는 클럽에 가입하고 나서였다. 거기서 나는 돈을 흥청망청 썼다. 물론 나를 따라온 허버트도 돈을 써야 했다. 허버트가 쓰는 돈도 내가 내고 싶었지만, 그의 자존심이 그걸 허락하지 않았다.

우리는 돈이 떨어지면 빚을 내서라도 지갑을 가득 채웠다. 그 사실을 알 리 없는 주위 사람들은 멋진 인생을 산다며 우리를 부러워했다. 그러나 나와 허버트는 실제로 돈에 쪼들리는 비참한 생활을 계속했고, 결국 빚만 잔뜩 지게 되었다.

매일 아침, 허버트는 런던 중심부로 일을 하러 갔다. 나는 가끔 그의 사무실에 들렀는데, 그는 일거리가 없어 그냥 빈둥거리면서 시간만 때울 뿐이었다.

하루는 내가 말했다.
"허버트, 우리는 지금 잘못 살고 있는 것 같아."
"헨델, 믿을지 모르겠지만, 사실 나도 그 말을 하고 싶었어."
"당장 오늘 저녁에라도 우리 문제를 점검해 보자."
"그래, 그게 좋겠어."

우리는 저녁 식사 때 특별한 음식과 거기에 어울리는 비싼 포도주 한 병을 주문했다. 마음의 준비를 단단히 하기 위해서였다. 식사가 끝난 뒤, 각자 펜과 종이를 꺼냈다. 나는 깨끗한 종이에 단정한 글씨로 '핍의 빚 목록'이라고 적었다. 허버트도 종이를 꺼내 '허버트의 빚 목록'이라고 적었다.

그런 다음 우리는 서류 뭉치를 꺼냈다. 여기저기 흩어져 있던 것을 모아 놓았기에 아주 지저분했다. 서랍 속에 처박아 놓았던 것, 호주머니에 가지고 다녀서 반들반들 닳아 버린 것, 촛불에 반쯤 타 버린 것, 거울 뒤에 몇 주 동안 처박혀 있던 것, 아니면 손상된 것이 대부분이었다.

우리는 그 서류들을 뒤적거리며 빚 목록을 적어 나갔다. 사각거리는 펜 소리가 우리를 기분 좋게 만들었다. 나는 사실 이 목록을 작성하는 것도 하나의 사업이라고 생각했다. 더 나은 삶을 위해서 하는 것이니까 말이다. 괴로운 일을 신나게 하다 보니 진짜 빚이 얼마인지 분간하기 힘들기도 했다.

얼마 동안 그 일에 열중하다가 허버트에게 어떻게 돼 가는지 물으면, 그는 이렇게 대답했다.

"헨델, 갈수록 빚이 많아지고 있어. 갈수록 불어난다니까."

"허버트, 마음을 단단히 먹어야 해. 현실을 똑바로 보자고."

결의에 찬 내 말에 허버트는 다시 목록을 작성했다. 얼마 뒤, 그는 몇 개의 고지서가 없어졌다면서 하던 일을 멈췄다.

"허버트, 그럼 어림잡아 그 액수를 적어."

"넌 정말 영리하구나! 너의 사업 수완은 정말 대단해!"

그는 나를 칭찬하며 그렇게 말했다. 사실 나도 나 스스로를 일급 사업가라고 생각했다. 명석하고 차분하고 확고한 사업가 말이다.

내 사업 습관 가운데 하나는 여유 금액을 두는 것이었다. 가령, 허버트가 진 빚이 백육십사 파운드라면 나는 이렇게 말했을 것이다.

"여유 금액을 두고 이백이라고 적어."

혹은 내 빚이 그가 진 빚의 네 배쯤 되면, 나는 여유 금액을 감안하여 구백 파운드라고 적었다. 나는 그것이 대단히 현명한 짓이라고 생각했지만, 그만큼 돈이 많이 들어가기도 했다. 언제나 여유 금액의 한계를 넘어서 새로운 빚을 지게 되고, 그렇게 되면 다른 여유 금액을 설정해야 했기 때문이다.

하지만 이렇게 재정을 파악해 보고 나면, 나는 빚과 상관없이 여유로워졌다. 그러면 당분간 편한 상태로 지낼 수 있었다.

어느 날 저녁, 비디한테서 편지가 왔다. 누나가 죽었으니, 다음 주 월요일에 있을 장례식에 참석하라는 내용이었다.

나는 누나를 온전히 따뜻한 마음으로만 기억할 수는 없었다. 하지만 별다른 따뜻함 없이도 존재하는 슬픔의 충격이라는 게 있는 모양이었다. 순간 그녀를 그렇게 만든 사람에 대해서 억누를 수 없는 분노를 느꼈다. 증거만 충분히 있다면, 올릭이든 누구든 상관없이 이 세상 끝까지라도 쫓아갈 수 있을 것 같았다. 나는 조에게 위로의 편지를 써 장례식에 참석하겠다는 의사를 전했다.

장례식 날, 나는 마차를 타고 내가 살던 마을로 갔다. 여인숙에서 내린 나는 대장간까지 걸어서 갔다. 익숙한 길을 걸으며 나는 어릴 때 나를 못살게 굴었던 누나를 잠깐 떠올렸다.

집에 도착하니, 검은색 상복을 입은 조가 보였다. 조는 너무 슬픈 나머지 나를 보고도 한참 동안 말을 잇지 못했다. 역시 검은 옷을 입은 비디는 바쁘게, 그러나 조용히 제 할 일을 하고 있었다.

장례식이 끝나고 우리 셋은 식은 음식으로 저녁을 때웠다. 내가 조에게 옛날 내 방에서 자도 되겠느냐고 묻자, 그는 아주 반가워했다.

어느덧 땅거미가 몰려왔다. 나는 비디와 함께 산책을 하러 나갔다.

"비디, 이제 네가 이 집에 있긴 어렵겠지?"

내 물음에 비디는 슬픈 어조로 대답했다.

"허블 부인에게 얘기해 놓았어. 내일부터는 그 집에 있으려구. 조가 안정을 찾을 때까지 돌봐 줄 수 있으면 좋으련만."

"비디, 어떻게 살 건데? 필요하면……."

"공사가 거의 끝난 새 학교에 가서 아이들을 가르칠 생각이야. 마을 사람들도 나를 추천해 줄 거야. 나는 너한테 많은 것을 배웠잖아. 그리고 더 나아질 시간도 아직 많이 있고."

"비디, 너는 어떤 상황에서든 언제나 좋아지기만 할 거야. 진심이야."

우리는 계속 걸었다. 나는 그때까지 누나가 어떻게 죽었는지 알지 못했다.

"네 누나는 죽기 나흘 전부터 상태가 몹시 좋지 않았어. 죽기 바로 전날, 또렷한 목소리로 '조!'라고 말했어. 정말 오랜만에 한 말이라, 내가 대장간에 가서 조를 불러왔지. 누나는 조에게 가까이 앉으라는 몸짓을 했어. 그러고는 머리를 조의 어깨에 얹고 아주 만족스러운 표정을 지었지. 얼마 있다가 다시 '조!' 하고 갈 하고는 '핍!'이라고 네 이름을 한 번 불렀어. 그리고 다시는 고개를 들지 못했어."

말을 마친 비디는 소리를 내어 울기 시작했다. 내 눈에도 금세 눈물이 차올랐다. 나는 애써 감정을 추스른 다음 비디에게 이렇게 물었다.

"비디, 그 사이에 밝혀진 건 없어?"

"없어."

"올릭은 어떻게 됐어?"

"옷차림으로 봐서 선착장에서 일하고 있는 것 같아."

비디는 그가 아직도 틈만 나면 자기에게 구애를 하려 한다고 말했다. 그 말을 들으니 화가 났다. 그래서 나는 올릭을 이 마을에서 쫓아내기 위해서는 뭐든지 하겠다고 마음먹었다.

나는 아침 일찍 출발할 예정이었다. 그래서 새벽같이 일어나, 아무도 눈치채지 못하게 밖으로 나와 창문으로 대장간 안을 들여다보았다. 나는 땀을 뻘뻘 흘리며 일하는 조의 건강한 모습을 몇 분 동안 지켜보며 서 있었다.

나는 창문 밖에 서서 조에게 인사를 건넸다.

"잘 있어요, 조! 아니, 손 닦지 말아요. 검으면 검은 대로 그냥 손 내밀어요. 자주 올게요."

그러자 조가 말했다.

"핍, 너무 빨리도 말고, 너무 자주도 말고, 때가 되면 와."

대장간을 떠나 길을 걷는데, 안개가 스멀스멀 피어올랐다. 마치 다시는 돌아오지 못할 것처럼.

누나의 장례를 치르고 런던에 돌아와도 달라진 것은 없었다. 오히려 허버트와 내 상황은 더 악화되어 갔다. 빚은 늘어났고, 그만큼 여유 금액도 더 불어났다.

어느덧 세월이 흘러, 나도 성년이 되었다. 내 나이 스물한 살이 되던 날, 웨믹이 전갈을 보냈다. 다음 날 오후 다섯 시에 재거스 씨를 방문해 달라는 공식적인 요청이었다.

사무실에 도착하자, 웨믹이 가장 먼저 축하 인사를 건넸다. 재거스 씨도 악수를 청하며 축하의 말을 전했다. 그리고 나를 '핍 씨'라고 부르며, 지금까지 돈을 얼마나 썼느냐고 물었다. 나는 그 질문에 제대로 답변할 수가 없었다.

나는 우선 내 은인이 누구인지를 알려 달라고 했다. 그는 절대 그럴 수 없다고 말했다. 그리고 내가 빚을 지고 있다는 것도 알고 있다고 했다. 잠시 화를 내던 그는 내게 유산 보증금이라며 오백 파운드짜리 은행권을 건네주었다. 또 매년 그 정도의 돈이 내게 지급될 것이라고 했다.

재거스 씨는 은인이 나타날 때까지 그 돈으로 생활하면 된다고 했다. 나는 그 은인에게 감사의 말을 전하고 싶다는 뜻을 밝혔다. 그러자 재거스 씨가 냉정하고 단호하게 말했다.

"핍 씨, 당신의 말을 다른 사람에게 전해 주는 일은 내가 보수를 받지 못하게 된다는 말이오."

잠시 뒤 내가 다시 물었다.

"제 은인의 이름을 알고 싶어요. 그리고 그분이 런던으로 오시나요, 아니면 제가 다른 곳으로 가야 하나요?"

재거스 씨가 말했다.

"당신의 은인이 언제 나타날지는 나도 잘 몰라요. 그분이 나타나면, 내가 할 일은 끝나는 거요."

나는 그에게서 눈을 돌렸다. 그러고는 마룻바닥을 내려다보며 잠깐 동안 생각에 잠겼다.

그는 에스텔라에 대해서는 한마디도 하지 않았다. 해비샴이 에스텔라와 나를 맺어 주려는 계획을 재거스 씨에게 알리지 않은 것 같았다. 어쩌면 재거스 씨는 그 계획에 몹시 질투를 느껴 일부러 말을 하지 않는 것인지도 몰랐다.

내가 다시 눈을 들었을 때, 그는 나를 날카롭게 쏘아보고 있었다.

"저도 더 이상 묻지 않겠습니다. 그럼 이만 가 보겠습니다."

나는 그 방에서 나와 곧장 웨믹에게로 갔다. 오백 파운드가 생기자, 반드시 써야 할 곳이 생각났기 때문이다. 그에게 조언을 구하고 싶었다.

나는 웨믹에게 사업을 하고 싶어 하지만 돈이 없는 친구에게 도움을 주고 싶다고 말했다. 그러자 웨믹은 돈을 템스 강에 뿌리는 것과 마찬가지라며 나를 나무랐다. 나는 너무나도 사무적인 웨믹의 태도에 적잖이 실망했다. 웨믹은 자기 집으로 한 번 오면 개인적인 조언을 해 줄 수 있다고 말했다.

결국 나는 웨믹의 집을 여러 차례 찾아가 내 친구인 허버트를 도울 수 있는 방법에 대해 의논했다.

마침내 우리는 클라리커라는 이름의 젊은 상인을 찾아냈다. 그는 사업 수완이 뛰어나고 돈이 많은 동업자를 구하고 있었다. 나는 그와 비밀리에 계약을 했다. 계약의 주체는 허버트였다. 나는 그 상인에게 이백오십 파운드를 주었다. 더 필요한 돈은 나중에 또 주기로 했다.

어느 날 오후, 허버트가 밝은 얼굴을 하고서 내게로 달려왔다. 그는 우연히 어떤 상인을 만났는데, 그가 자신과 함께 사업을 하자고 제안했다고 했다. 일은 일사천리로 진행되었다. 허버트는 다른 일을 모두 마무리한 뒤 클라리커의 사무실에 나갔다.

허버트는 새 삶을 살게 된 것이 매우 기뻐 날마다 환한 웃음을 지었다. 물론 그 투자자가 나라는 것은 전혀 눈치채지 못했다. 나 또한 내가 받은 유산이 누군가에게 큰 도움이 됐다고 생각하니 마음이 뿌듯했다.

제 9 장
아주 오래된 틈새

만약 내가 죽고 나서 리치몬드에 있는 기품 있고 유서 깊은 집에 귀신이 찾아든다면, 그건 분명히 나일 것이다. 에스텔라가 그곳에 사는 동안, 내 불안한 영혼은 그 주변을 떠돌며 얼마나 많은 낮과 밤을 보내야 했던가!

그 집을 드나들면서, 나는 에스텔라가 나에게 가할 수 있는 고통이라는 고통은 다 경험했다. 특별히 나를 좋아하지 않으면서도 친근하게 대하는 그녀 때문에, 나는 늘 혼란스러웠다. 그녀는 자신을 쫓아다니는 다른 남자들을 골탕 먹이는 데 나를 이용했다. 그녀를 좋아하는 남자들은 헤아릴 수 없이 많았다. 나는 수많은 남자들을 마음속으로 질투했다.

나는 가끔 에스텔라와 그녀의 집주인인 브랜들리 부인을 데리고 연극이나 음악회, 파티 등에 가곤 했다. 그렇게라도 해서 그녀와 함께 있고 싶었다. 그러나 그 모든 것은 내게 깊은 슬픔만 안겨 주었다.

나는 그녀와 함께 있는 동안, 단 한 시간도 행복해 본 적이 없었다. 그럼에도 불구하고 나는 죽을 때까지 그녀와 같이 있으면 얼마나 행복할까, 하는 생각을 하면서 하루하루를 보냈다.

어느 날 저녁, 에스텔라는 하루 정도 다녀가라는 해비샴의 전갈을 받았다. 그녀는 나에게 데려다 달라고 부탁했고, 나는 기꺼이 그러겠다고 했다.

이틀 뒤 우리는 해비샴 댁을 방문했다. 해비샴은 에스텔라를 보자마자 꼭 끌어안았다. 그녀는 에스텔라의 눈부신 아름다움에 무척 만족해했다. 에스텔라의 외모, 말씨, 자태에 압도당한 그녀는 자신이 키운 아름다운 여인을 집어삼키기라도 할 것처럼 바라보았다.

그녀는 줄곧 에스텔라를 바라보다가 갑자기 내 쪽으로 고개를 홱 돌렸다.

"핍, 이 아이가 너를 어떻게 이용하더냐?"

그녀는 옆에서 에스텔라가 듣고 있는데도 아랑곳없이 거듭 물었다.

그날 밤 그녀는 아주 이상하게 굴었다. 에스텔라가 보낸 편지들을 들먹이며 신이 나서 떠들었다. 주로 에스텔라가 자신에게 반한 남자들과 그들의 조건 등을 적은 내용이었다.

해비샴은 남자들의 이름을 일일이 열거하면서, 다른 한 손을 지팡이 위에 얹었다. 그러고는 그 손 위에 턱을 괴고 나를 빤히 쳐다보았다. 그 모습이 마치 유령처럼 보였다. 나는 그 늙은 유령 때문에 아주 비참해지고 말았다.

실제로 에스텔라는 해비샴을 대신해 남자들에게 복수를 하고 있었다. 해비샴의 복수가 끝나야만 에스텔라는 자유의 몸이 될 수 있었다. 그 전까지는 내게 에스텔라를 주지 않을 작정인 것 같았다.

해비샴은 여전히 에스텔라의 팔을 붙잡고 있었다. 그런데 에스텔라가 자신의 팔을 그녀에게서 슬그머니 빼냈다. 해비샴이 그녀를 향해 눈을 번득이며 말했다.

"나한테 싫증이 난 거니?"

"조금 피곤해서 그래요."

에스텔라는 팔을 완전히 빼낸 다음, 벽난로 선반 쪽으로 가서 타오르는 불길을 가만히 내려다보며 서 있었다. 화가 난 해비샴은 지팡이로 바닥을 치며 소리를 질렀다.

"어서 사실대로 얘기하라니까! 이 배은망덕한 것! 나한테 싫증이 난 거지?"

에스텔라는 그녀를 냉담하게 바라보다가 다시 불길로 시선을 돌렸다. 해비샴이 소리쳤다.

"이 무정한 것아! 이 냉정한 것아!"

"뭐라고요? 제가 냉정하다고요? 절 이렇게 만든 사람이 누군데요?"

"뭐가 어째?"

"저를 이렇게 만든 건 바로 어머니예요. 칭찬이든 비난이든 다 가져가세요. 성공이든 실패든 다 가져가시라고요. 저를 통째로 가져가시라고요."

그러자 해비샴이 비통하게 울부짖었다.

"이 아이 좀 봐! 이 아이 좀 봐! 자기를 여태껏 키워 준 은인에게 이다지도 배은망덕하다니. 피멍이 든 가슴으로 지금껏 애써 키웠건만!"

"뭘 원하세요? 저한테 은혜를 베푸셨으니 갚아야 도리겠지요. 제게 뭘 원하세요?"

"사랑, 사랑이 필요해."

"그건 가지셨잖아요."

"아니, 갖지 못했어."

"저를 양녀로 삼으셨으니, 저는 어머니한테 모든 걸 빚지고 있어요. 제가 갖고 있는 것은 모두 어머니 것이에요. 저한테 주신 모든 것을 가져가실 수도 있어요. 제가 갖고 있는 것은 사실 아무엇도 없어요. 저한테 주지 않으신 것을 원하신다면, 그건 불가능한 일이에요."

해비샴이 나를 향해 격렬하게 돌아서며 소리를 질렀다.

"나는 이 아이한테 사랑을 줬어! 활활 타오르는 사랑을 줬다고! 그런데 고작 이런 말이나 듣다니……. 차라리 내가 미쳤다고 하렴. 미쳤다고 하라고."

에스텔라가 말했다.

"많은 사람들 가운데서 하필이면 왜 제가 그 말을 해야 하죠? 당신이 원하는 걸 저만큼 아는 사람이 또 있나요? 당신이 기억하는 과거를 저만큼 아는 사람이 또 있나요? 저는 바로 이 방에서 무서운 당신의 얼굴을 바라보면서 교육을 받았어요. 그렇게 자란 저만큼 당신을 잘 아는 사람이 또 있냐고요!"

해비샴이 울부짖었다.

"모든 건 곧 잊혀져! 시간이 가면 잊혀지는 거야!"

에스텔라가 자신의 가슴에 손을 대며 말했다.

"아니죠. 잊혀지지 않아요. 언제나 제 기억 속에 있는걸요. 제가 가르침을 어긴 적이 있나요? 제 가슴속에 당신의 마음에 차지 않는 것이 들어온 적이 있나요? 말씀해 보세요."

해비샴이 흐느끼듯 말했다.

"너무 건방지구나, 너무 건방져!"

"절 건방지도록 가르친 게 누군데요? 제가 배운 대로 행동했을 때 저를 칭찬했던 게 누군데요?"

"너무 모질구나, 모질어."

"절 모진 사람으로 만든 게 누군데요? 제가 배운 대로 행동했을 때 칭찬했던 게 누군데요?"

해비샴이 팔을 휘저으며 악을 썼다.

"넌 나한테 건방지고 모질기 짝이 없구나! 에스텔라, 에스텔라, 네가 감히 나한테!"

에스텔라는 침착한 얼굴로 그녀를 바라보았다. 그러고는 다시 난롯불을 바라보았다.

나는 조용히 방을 빠져나왔다. 그리고 별빛을 받으며 폐허가 된 정원을 오랫동안 거닐었다.

다시 방으로 돌아왔을 때, 에스텔라는 해비샴의 무릎 앞에 앉아서 너덜너덜해진 드레스를 꿰매고 있었다.

그날 저녁, 에스텔라와 나는 다시 한 번 카드놀이를 했다. 그렇게 밤이 깊어 갔다. 나는 잠을 자기 위해 숙소로 돌아갔다. 다음 날 우리가 떠나기 전까지 해비샴과 에스텔라 사이에 다른 싸움은 벌어지지 않았다.

벤틀리 드러믈에 관한 얘기를 빼먹고 이때의 내 삶을 얘기하는 것은 불가능하다. 허버트와 나는 그날도 '작은 숲의 방울새'라는 모임에 나갔다. 이 모임은 분위기가 최고조에 달하면 건배를 하는 오래된 관례가 있었다. 건배를 제의하는 사람은 그 모임의 엄숙한 법에 따라 정해졌다. 그날은 드러믈 차례였다.

그런데 건배를 하려면 반드시 건배할 숙녀의 이름을 외쳐야 했다. 술잔이 채워지는 동안 드러믈은 계속 나를 흘겨보았다. 나는 그와 친하지 않았으므로 별 관심을 두지 않았다. 그런 그가 갑자기 에스텔라의 건강을 위하여 건배를 하자고 제안했다.

"누구? 에스텔라?"

내가 깜짝 놀라서 물었다. 그러자 드러믈이 말했다.

"넌 상관할 것 없어."

드러믈은 대놓고 나를 무시한 뒤 목소리를 낮춰 다른 사람들에게만 얘기했다.

"얘들아, 리치몬드에 사는 여잔데 기가 막히게 아름다워."

그러자 맞은편에 있던 허버트가 심드렁하게 말했다.

"나도 알아."

"정말이야?"

드러믈은 깜짝 놀라는 눈치였다.

"나도 아는데."

내가 얼굴을 붉히며 말하자, 드러믈이 말했다.

"너조차도 안단 말이야? 오, 맙소사!"

계속되는 드러믈의 건방진 태도에 화가 난 나는 자리에서 벌떡 일어나 말했다.

"자기가 알지도 못하는 숙녀에게 건배를 하는 건 우리 모임의 명예를 훼손시키는 행위야."

"그게 도대체 무슨 뜻이지?"

드러믈이 입꼬리를 올리며 기분 나쁜 웃음을 지었다. 나는 도저히 화를 억누를 수가 없어 그에게 결투를 제의했다. 그러자 사람들이 우리를 뜯어말렸다. 그러고는 만약 드러믈이 그 여자를 안다는 증거를 가져올 경우, 화를 낸 내가 신사답게 사과를 해야 한다고 결론을 내렸다.

다음 날, 드러믈은 쪽지 하나를 들고 나타났다. 쪽지에는 드러믈과 춤출 수 있는 영광을 가져 기쁘다는 내용의 글이 쓰여 있었다. 분명 에스텔라의 글씨였다. 나는 드러믈에게 사과할 수밖에 없었다.

에스텔라가 드러믈처럼 형편없는 자식과 춤을 추다니! 생각하면 생각할수록 화가 났다. 그래서 나는 리치몬드에서 열린 무도회에서 그녀를 만나자마자 그 얘기를 꺼냈다. 마침 드러믈도 그 자리에 와 있었다.

내가 말했다.

"에스텔라, 저쪽 구석에서 우리를 엿보고 있는 한심한 작자를 한번 쳐다봐."

그러나 그녀는 드러믈 대신 내 얼굴을 빤히 쳐다보며 말했다.

"내가 저 사람을 왜 쳐다봐야 하는데? 저 사람한테 뭐 볼 게 있다고 쳐다봐?"

"바로 그게 내가 묻고 싶은 거야. 저놈이 밤새도록 네 주변을 어슬렁거리고 있으니까 하는 말이라고."

에스텔라가 그를 향해 살짝 눈길을 던지며 말했다.

"촛불을 켜면 온갖 벌레들이 몰려들잖아. 그렇다고 촛불이 그걸 어떻게 말리니?"

"못 말리지. 하지만 에스텔라, 드러믈처럼 형편없는 놈에게 네가 관심을 보인다는 게 안타까워. 나한테는 단 한 번도 그런 적이 없으면서, 아까부터 저놈만 쳐다보면서 웃고 있잖아."

"그러면 내가 너를 속이고 함정에 빠뜨리길 원하니?"

"에스텔라, 그럼 너는 저놈을 속이고 함정에 빠뜨리고 있다는 거야?"

"그래, 다른 남자들도 부지기수야. 너를 제외하면 모두가 그 대상이라고. 저기 브랜들리 부인이 오고 있어. 더 이상 얘기하고 싶지 않아."

그날 일을 계기로 나는 그토록 나를 괴롭혔던 그녀에 대한 생각을 바꾸었다.

제 10 장
낯선 손님

　어느덧 내 나이도 스물세 살이 되었다. 하지만 유산에 대한 얘기는 여전히 감감무소식이었다. 일 년 전 바나드 여인숙을 떠난 허버트와 나는, 런던 중심가에 자리한 템플 저택에서 생활하고 있었다.

　비바람이 몹시 불던 어느 날 밤이었다. 허버트는 사업차 마르세유로 여행을 떠나고 없었다. 나는 저택 맨 끝 꼭대기 방에서 책을 읽고 있었다.
　새벽 두 시가 넘은 시각이었다. 내가 막 책을 덮을 즈음, 계단 아래쪽에서 발자국 소리가 들렸다. 나는 램프를 들고 계단 쪽으로 나갔다. 그러자 발소리가 우뚝 멈췄다.

"거기 누가 있나요?"

"네."

어둠 속에서 굵직한 남자의 목소리가 들려왔다.

"몇 층에 가시려는 거죠?"

"맨 위층입니다. 그런데 혹시 핍 씨인가요?"

"그런데요?"

잠시 뒤 그가 계단을 올라오기 시작했다. 나는 계단 난간에 서서 램프를 비췄다. 그러자 한 사내가 천천히 불빛 안으로 들어왔다. 나는 고개를 내밀어 램프의 희미한 불빛에 드러난 낯선 얼굴을 바라보았다. 사내는 나를 보더니 흐뭇해하는 표정을 지었다.

나는 사내가 움직이는 방향으로 램프를 옮겼다. 그는 먼 곳에서 배를 타고 온 사람처럼 보였다. 나이는 육십쯤 되어 보였고, 긴 회색 머리에 피부는 구릿빛으로 그을린 건장한 사내였다. 마지막 계단을 모두 올라온 그가 내게 손을 내밀었다.

"무슨 일이시죠?"

나는 경계를 하며 물었다. 그러나 그는 내 얼굴을 물끄러미 바라보며 웃기만 했다.

"무슨 용건이라도……."

"용건이라! 괜찮다면 용건을 말씀드리지."

"들어오시겠어요?"

"네, 들어가고 싶군요."

나는 사내를 방으로 안내했다. 그리고 무슨 일로 왔는지 물었다. 그러나 이번에도 그는 대답 대신 감격적인 표정으로 방을 둘러볼 뿐이었다. 마치 이 방에 대단한 사연이라도 있는 듯한 표정이었다.

사내는 너저분한 웃옷과 모자를 벗고 나서 다시 한 번 나를 향해 두 팔을 내밀었다. 문득 나는 그가 미친 사람이 아닐까, 하고 생각했다.

나는 단호한 목소리로 다시 한 번 물었다.

"대체 원하는 게 뭐죠?"

그는 난로 앞에 있는 의자에 앉은 뒤 큼지막한 손을 자신의 이마에 갖다 댔다. 그러고는 주위를 두리번거리며 말했다.

"다른 사람은 없겠죠?"

"이렇게 늦은 시각에 느닷없이 찾아와서는 그런 질문을 하는 이유가 뭡니까?"

나는 불쾌한 감정을 최대한 억누르기 위해 무던히도 애를 쓰며 말했다.

"당당하면서도 예의 바른 모습이 보기 좋군요. 훌륭한 젊은이로 성장해서 기뻐요!"

나는 더 이상 그가 찾아온 이유를 묻지 않았다. 이미 그를 알아보았기 때문이다. 사내는 아주 오래전 늪에서 만났던 바로 그 죄수였다! 굳이 호주머니에서 줄칼을 꺼내 보일 필요도, 목에 걸린 천을 머리에 감아 그때의 모습을 떠올리게 할 필요도 없었다. 나는 그를 정확히 알아보았다.

사내는 내 손을 꼭 잡고 자기 입술로 가져가더니 천천히 입을 맞추었다. 나는 넋이 나간 표정으로 가만히 서 있을 수밖에 없었다. 마치 누군가에게 뒤통수를 세게 얻어맞은 듯한 기분이었다.

"핍, 그날 늪지대에서 네가 보여 준 행동은 매우 훌륭했다! 나는 그걸 잊은 적이 단 한 번도 없다."

갑자기 그가 나를 안으려고 했다. 나는 손을 뻗어 그를 밀쳐냈다.

"저리 가세요! 만약 제가 어렸을 때 한 행동을 고맙게 생각하신다면 좀 다르게 사셨어야지요. 그리고 고마운 마음을 전하기 위해 굳이 이곳까지 찾아오실 필요는 없었어요. 하지만 이왕 저를 찾아냈으니 모른 척하지는 않겠어요. 하지만 당신이 확실히 이해해야……."

나는 그가 내 눈을 뚫어져라 쳐다보는 바람에 다음 말을 채 잇지 못했다.

"내가 무엇을 확실히 이해해야 한다는 거지?"

그가 낮은 음성으로 물었다.

"이제 상황이 달라졌으니까 우리의 관계를 새롭게 할 생각이 없다는 겁니다. 우리는 서로 갈 길이 다릅니다. 옷이 축축하군요. 그리고 무척 피곤해 보여요. 가시기 전에 마실 걸 좀 드릴까요?"

그는 고개를 끄덕였다. 나는 뜨거운 물에 위스키를 한 방울 타서 그에게 건넸다. 그런데 놀랍게도 그의 눈에 눈물이 맺혀 있는 게 아닌가!

생각지 못한 사내의 모습에 내 마음도 약해지는 것 같았다. 그래서 나는 얼른 내 잔에도 마실 것을 따르고는 다소 사무적인 말투로 이렇게 얘기했다.

"그런 식으로 말씀드려서 죄송해요. 전 단지 아저씨가 행복하게 잘 사시면 좋겠단 생각에……. 지금은 어떻게 사시나요?"

"아주 먼 곳에 가서 양을 키웠어. 다른 사업도 좀 하고."

"잘되셨나요?"

"아주 잘됐지."

"다행이군요."

"네 얘기를 들려줘. 우리가 늪에서 만난 이후로 네가 어떻게 살아왔는지 물어봐도 될까?"

나는 누군가로부터 유산을 물려받았다는 얘기를 가까스로 털어놓았다. 이상하게 자꾸 몸이 떨려 왔다.

"누구한테 유산을 받았는지 물어 봐도 될까?"

"그건 저도 몰라요."

"내가 알아맞혀 볼까? 자, 뭐부터 맞혀 볼까? 네가 성년이 되고 나서 받은 돈이 얼만지 맞혀 볼까? 다섯 자리였지? 보호자는 변호사고 말이야. 그 변호사의 이름이 재로 시작되던가? 재거스라는 변호사! 맞아?"

심장이 방망이질하듯 뛰었다. 의자에서 일어난 나는 그를 한참 동안 노려보았다.

"내가 널 어떻게 찾았는지 궁금하지? 런던에 있는 사람에게 편지를 보냈어. 네 주소를 알려 달라고. 네 주소를 가르쳐 준 사람은 웨믹이야. 그래, 이제 사실을 말하마. 네가 은인이라고 생각했던 사람은 바로 나야. 내가 너를 신사로 만들었단다."

순간, 나는 온몸에 소름이 오소소 돋았다. 무서웠다. 그 어떤 사나운 짐승과 마주한 것보다 더한 무서움이었다. 나는 증오와 배신감으로 사시나무 떨 듯 떨었다.

"핍! 너는 내 아들이나 진배없어. 넌 내게 그 무엇보다 소중한 존재야. 외딴 오두막에서 홀로 목동 노릇을 할 때에도 네 얼굴만은 또렷하게 기억했지. 가끔 네 모습이 환영처럼 나타나기도 했어. 믿기 힘들겠지만, 나는 안개 낀 늪지대에서 널 보았을 때처럼 똑똑히, 그것도 여러 번 보았단다. 그 뒤로 난 결심했어. 기필코 자유와 돈을 얻어 너를 신사로 만들기로 말이야. 결국 나는 부자가 되었고, 너를 신사로 만들었다. 그래서 난 지금 무척 기쁘다."

그가 내 어깨에 손을 얹었다. 그의 손에 사람들의 피가 묻었을지도 모른다는 생각을 하니 끔찍했다.

잠시 뒤 그가 기지개를 켜며 말했다.

"난 좀 쉬어야겠다, 핍. 어디서 자면 되지?"

"잔다고요?"

"그래, 오랜만에 마음 편히 푹 자고 싶구나. 몇 달 동안 거친 바다에서 부대끼느라 많이 지쳤어. 왜…… 안 되겠니?"

"마침 같이 사는 친구가 집을 비웠어요. 그 방을 쓰세요."

"설마 내일 돌아오는 건 아니겠지?"

"내일은 안 돌아와요."

갑자기 그가 목소리를 낮춰 말했다.

"사실은 핍, 난 조심해야 하거든."

"무슨 말이죠?"

"잡히면 바로 죽음이야. 나는 종신형으로 귀양을 간 건데 도망친 거라고. 붙잡히면 바로 교수형이지."

나는 빛이 밖으로 새어 나가지 않도록 커튼부터 단단히 여민 다음 문을 꼭 잠갔다. 그리고 그에게 내 잠옷을 빌려 주었다. 잠옷을 받아 든 그는 길게 하품을 하며 방으로 들어갔다.

꽤 늦은 시각이었지만 정신만은 또렷했다. 혼자 잠을 자러 들어가기가 왠지 무서웠다. 나는 하는 수 없이 난롯불 앞에 앉아 졸음이 몰려올 때까지 기다리기로 했다. 머릿속이 뒤엉킨 실타래처럼 복잡했다.

그렇게 한 시간이 흘렀다. 나는 그제서야 내가 지금까지 타고 온 배가 산산조각이 났으며, 내 삶 역시 난파를 당하고 말았음을 깨달았다.

해비샴이 나에게 뭔가를 해 줄 거라는 생각은 한낱 허황된 꿈에 지나지 않았다. 나와 에스텔라를 맺어 줄 생각은 처음부터 없었던 것이다. 나는 그저 그녀의 탐욕스러운 친척들을 막기 위한 방패막이로 이용된 것뿐이었다.

모든 게 고통스러웠다. 그중에서도 가장 큰 고통은 어떤 죄를 지었는지 알지도 못하고, 어쩌면 교수형을 당하게 될 이 사내 때문에 사랑하는 조와 비디를 버렸다는 것이다.

창밖으로 보이는 교회 첨탑의 시계들이 일제히 새벽 다섯 시를 알렸다. 난롯불은 꺼진 지 오래고, 비바람은 더욱 거세게 불었다.

나는 난로 앞에 앉아 까무룩 잠이 들었다. 꿈자리가 뒤숭숭해 자다 깨다를 되풀이했다. 다시 일어났을 땐 날이 훤히 밝아 있었다. 나는 샤워를 하고 옷을 갈아입은 뒤 거실에서 그를 기다렸다. 함께 아침을 먹기 위해서였다.

곧 그가 나왔다. 밝은 데서 보는 그의 몰골은 더욱 형편없었다. 갑자기 그를 뭐라고 불러야 할지 몰라 이름을 물었다. 그는 배를 탈 때에 프로비스라는 가명을 사용했다고 말했다. 그러더니 진짜 이름은 아벨 매그위치라고 덧붙였다.

그는 허겁지겁 아침 식사를 마친 뒤 파이프 담배를 피워 물었다. 담배 연기를 내뿜던 그가 갑자기 자기 주머니를 뒤졌다. 그러고는 두툼한 지갑을 꺼내 탁자 위에 던졌다.

"여기에 돈이 좀 있다. 모두 네 거야. 내가 가진 것은 모두 네거지. 나는 돈이 더 있으니 부담 갖지 말고 써. 내 기쁨은 네가 돈을 쓰는 것을 보는 일이니까. 나는 너를 최고의 신사로 만들거야."

"그런 이야기는 그만두세요. 말씀드릴 게 있어요. 제가 어떻게 해야 하죠? 어떻게 해야 아저씨가 위험에 처하지 않을 수 있는지 알고 싶어요."

"괜찮다. 누군가가 경찰에 밀고하지만 않는다면 크게 위험할건 없어."

"얼마나 오래 계실 건데요?"

"얼마나 오래 있을 거냐고? 나는 돌아가지 않을 거다."

"그럼 어디서 사실 건데요? 어디에 계셔야 안전할 수 있죠?"

"픕. 돈만 있으면 얼마든지 안전하게 지낼 수 있어. 가발, 머리분, 안경, 옷 같은 걸 살 수 있으니까. 그런 걸로 변장하면 안전하게 지낼 수 있어. 어디에서 어떻게 살 것인지는 네 의견을 따르겠다."

아무래도 가까운 곳에 조용한 방을 얻는 것이 제일 좋을 것 같았다. 그래야 허버트가 돌아와도 괜찮을 것이었다. 다만 허버트에게 그 비밀을 얘기해야 한다는 건 분명해 보였다.

나는 프로비스에게 돈 많은 농부처럼 변장하는 게 좋겠다고 말했다. 그래서 머리를 짧게 자르고 분도 약간 바르기로 했다. 또한 아직 하인이 그를 보지 못했으므로 옷을 바꿔 입을 때까지는 하인 앞에 나타나지 않기로 했다. 나는 그에게 내가 나가 있는 동안 절대 문을 열지 않을 거라는 다짐을 받고서야 집을 나섰다.

다행히도 괜찮은 이층 방을 근처에서 구할 수 있었다. 나는 방을 계약한 다음 이 가게 저 가게를 돌아다니면서 필요한 옷들을 샀다. 그러고는 재거스 씨를 찾아갔다. 나는 그를 통해 모든 것이 사실임을 확인했다.

다음 날, 나는 프로비스에게 새 옷을 입혔다. 그런데 그는 어떤 옷을 입어도 전혀 어울리지 않았다. 오히려 입고 있던 옷보다도 못해 보였다.

게다가 그는 한쪽 다리를 질질 끌었다. 마치 보이지 않는 쇠사슬을 발목에 차고 다니는 것처럼 보였다. 몸에 배인 너저분한 분위기도 도저히 감출 수 없었다.

더 좋은 옷을 입히면 입힐수록 그는 늪지에서 몸을 웅크리고 있던 탈옥수처럼 보였다. 앉아 있어도 그랬고, 서 있어도 그랬다. 먹을 때도 그랬고, 마실 때도 그랬다. 머리에서부터 발끝까지 구석구석 죄수라는 낙인이 찍혀 있는 것 같았다. 시간이 지날수록 그가 점점 싫어졌다.

나는 프로비스가 온 뒤로 되도록 외출을 삼갔다. 날이 어두워지면 한 번씩 프로비스를 데리고 잠깐 바람을 쐬러 나갔다 올 뿐이었다. 답답한 날들이었다. 나는 허버트가 돌아오기만을 손꼽아 기다렸다.

마침내 허버트가 돌아왔다. 긴 여행에 피곤했을 텐데도, 그는 언제나처럼 밝은 표정이었다.

"헨델, 잘 지냈어? 어떻게 지냈어? 나는 한 일 년쯤 떠나 있었던 것 같아. 어, 왜 이렇게 말랐어? 창백한 얼굴하며…….. 내가 없는 새 무슨 일이라도 있었던 거야?"

나는 다급히 문을 닫으며 말했다.

"갑자기 일이 생겼어. 우선 인사해. 나를 찾아온 손님이셔."

"아, 그래?"

프로비스가 주머니에서 작고 손때 묻은 성경을 꺼내더니 우리한테 다가왔다. 그리고 허버트에게 이렇게 말했다.

"여기에 오른손을 얹어라. 만약 네가 나를 밀고하면 너는 하나님의 벌을 받아 즉사할 것이다. 여기에 입부터 맞춰!"

"하라는 대로 해 줬으면 좋겠어."

나는 허버트에게 귀엣말로 부탁했다. 그러자 허버트는 불안하고 놀란 표정이었지만 나를 믿는다는 듯 바라보면서 그의 말을 따랐다.

우리 셋은 난로 옆에 앉았다. 나는 허버트에게 그동안 무슨 일이 있었는지 차근차근 이야기해 주었다.

우리는 늦게까지 앉아 이야기를 나누었다. 나는 내심 프로비스가 자기 방으로 돌아가 주길 바랐지만, 그는 일부러 자리에서 일어나지 않았다. 우리 두 사람을 남겨 두는 것이 못내 불안한 것 같았다. 그러다가 자정이 되어서야 자리를 떠났다. 그제서야 나는 안도감을 느꼈다.

"허버트, 무슨 조치를 취해야지 안 되겠어. 프로비스는 뭔가를 자꾸 사 주고 싶어 해. 말이며 마차 같은 쓸데없는 것들을 말이야. 어떻게 해서든지 말려야 해."

"그걸 왜 받아들일 수 없는데?"

"내가 어떻게 받아들일 수 있겠어? 그를 생각해 봐! 그를 잘 살펴보라고. 프로비스가 어떻게 살았는지 알면 생각이 달라질 거야."

우리는 잠시 서로를 쳐다보았다. 내가 다시 말했다.

"하지만 허버트, 프로비스가 나와 관계되어 있다는 건 끔찍하긴 하지만 엄연한 사실이잖아. 그 문제가 걸려 있어! 그리고 내가 그에게 이미 얼마나 많은 신세를 졌는지 생각해 봐. 게다가 나는 빚도 많잖아. 너무 많다고. 나는 지금 기대할 게 아무것도 없어. 재산도 없고. 그렇다고 직업 교육을 받은 것도 아니고, 직업 군인이 된다면 몰라도 아무짝에도 쓸모없는 사람이잖아."

막막한 미래를 생각하자 나도 모르게 그만 울음이 터져 나왔다. 허버트가 살며시 내 손을 잡고 말했다.

"군대는 안 될 말이야. 그렇게 해서는 진 빚을 다 갚을 수 없을 거야. 보수가 좀 적긴 해도, 시내에 있는 클라리커 사무실에서 일을 하는 게 차라리 낫겠어. 너도 알다시피, 내가 동업자로 뛰어들 테니까 말이야."

가엾은 친구! 그는 누구의 돈으로 사업을 할 것인지 고민도 하지 않고 말했다.

허버트의 말이 이어졌다.

"지금 무엇보다 시급한 일은 프로비스를 영국에서 나가게 하는 일이야. 네가 함께 간다고 하면 그도 갈 마음이 생기겠지."

다음 날 아침, 아침을 먹으러 그가 왔다. 나는 그 자신에 대해서, 그리고 늪에서 싸움을 했던 그 죄수에 대해서 얘기해 달라고 했다.

그는 허버트에게 비밀을 지켜 달라고 신신당부를 하고서야 자신의 비밀을 털어놓기 시작했다.

"나는 내가 어디에서 태어났는지조차 몰라. 내가 처음으로 나를 알게 된 건 먹고살기 위해 채소를 훔쳤을 때였어. 당시에 나는 너무 가난했고 배가 고팠거든. 사람들이 나를 받아 주지 않아 일할 곳도 없었어. 그때부터 감옥을 들락거리기 시작했지. 너무 자주 들락거려 이골이 날 정도였어. 감옥에서 살았다고 해야 맞을 거다. 구걸을 하고 때로는 훔치고, 일이 있을 때는 일도 했어. 뭐든 닥치는 대로 다 했지만, 결국 돈도 못 벌고 고생만 하다 어른이 되어 버렸지.

그런데 말이야, 이십여 년 전 우연히 한 경마장에서 어떤 남자를 알게 되었어. 어디서든 그놈을 만나면 머리통을 부숴 버릴 거야. 이름은 콤페이슨, 늪에서 싸웠던 바로 그놈이야. 놈은 신사처럼 굴었지. 많이 배우고 똑똑한 척했어. 워낙 말을 잘하는 데다가 잘생기기까지 했으니까. 그놈은 사기를 쳐서 훔친 은행권을 유통시키는 일에 나를 끌어들였어. 그놈은 저만 모든 걸 챙기고 책임은 나한테 넘겼어. 줄칼보다 더 냉혹한 놈이야. 비정하고 악의적인 놈이지.

어쨌든 우리는 그런 일들을 하느라 바빴고, 그놈은 나를 함정에 빠뜨려 노예처럼 부려 먹었지. 그런데 참 이상한 거야. 열심히 일을 하는데도 나는 늘 그놈한테 빚을 지고 있었고, 언제나 그놈의 손바닥 안에 있더라고. 언제나 그놈을 위해 죽어라 일만 하는데도 나만 위험한 상황에 처하게 되었어. 그놈은 나보다 나이가 적었지만 교활하고 지능적이었어. 그래서 나뿐만이 아니고 내 아내도 무척 고생을 했지."

프로비스는 주위를 한번 빙 둘러보더니 다시 말을 이었다.

"결국 콤페이슨과 나는 붙잡혔고, 훔친 은행권을 유통시켰다는 죄목으로 재판을 받게 되었지. 다른 죄목도 몇 개 있었어. 그러자 놈은 자기 혼자만 변호사를 선임하겠다면서 나를 떠났지. 나는 옷만 남기고 모든 걸 팔 정도로 어려움을 겪고 있었는데 말이야! 그러다가 가까스로 재거스 변호사를 만나게 된 거지.

재판이 시작되었어. 그런데 그놈은 근본은 좋은데 나쁜 친구와 어울려서 그런 일을 하게 됐다는 이유로 가벼운 형을 선고받았어. 나한테 불리한 것들을 모두 불어 버리고, 또 자기한테 불리한 것들을 모두 나한테 떠넘긴 거지. 결국 그놈은 칠 년 형을, 나는 십사 년 형을 선고받았지."

그는 잠시 이야기를 멈춘 뒤 숨을 가쁘게 몰아쉬었다. 몹시 흥분한 것 같았다. 자꾸 몸에서 열이 오르는지 손수건을 꺼내 얼굴과 머리, 손을 닦았다. 그러고는 다시 얘기를 이어 나갔다.

"우리는 감옥선에 같이 실리게 됐지. 하지만 좀처럼 그놈 가까이 갈 수가 없었어. 그런데 마침내 기회가 온 거야. 나는 그놈 뒤로 접근해서 낯짝을 후려친 다음 제대로 두들겨 패려고 했어. 그때 사람들한테 발각되어 잡히고 말았지. 나는 가까스로 다시 감옥선에서 탈출해 교회 무덤가에 숨어 있었어. 거기서 내가 처음으로 너를 본 거야."

그가 나를 애정 어린 눈길로 쳐다보았다. 하지만 그럴수록 나는 그에게 점점 더 강한 거부감만 일었다.

"핍, 나는 네 덕분에 그놈도 탈출을 했다는 사실을 알게 되었어. 그놈은 내가 무서워 도망쳤을 거야. 하지만 내가 탈출해서 늪지대에 있다는 사실을 몰랐던 거지. 늪지대를 샅샅이 뒤져 결국 놈을 찾아냈어. 놈을 보자마자 얼굴을 후려갈겼어. 그러고는 다시 감옥선으로 끌고 가려고 했지. 내가 어떻게 되든 상관없었어. 그게 내가 그놈에게 할 수 있는 최고의 복수였기 때문이야.

그때 군인들이 와서 우리 두 사람을 잡아간 거야. 나는 다시 쇠사슬을 찬 채 재판을 받았고, 평생 돌아오지 못하도록 종신형을 선고받고 이 땅에서 추방당했어. 그런데 놈은 가벼운 처벌을 받았지. 그놈이 감옥선에서 도망친 이유가 내가 그놈을 죽이려고 했기 때문이었다는 거야.

핍, 그리고 허버트. 하지만 너희들이 지금 보다시피 나는 여기에 와 있잖아. 그곳에서 마냥 썩을 수만은 없었다."

말을 마친 그는 주머니에서 파이프를 꺼냈다. 잠자코 듣고만 있던 내가 한마디 물었다.

"그 사람은 죽었나요?"

"그놈이 살아 있다면 내가 죽었기를 바라겠지. 그 자식에 대해서는 그 뒤로 아무것도 들은 바가 없다."

허버트는 책의 속표지에 뭔가를 열심히 적고 있었다. 프로비스는 자리에서 일어나 난롯불을 쳐다보며 파이프를 피웠다. 그러자 허버트가 그 책을 슬쩍 나에게 밀었다. 거기엔 이렇게 쓰여 있었다.

콤페이슨. 바로 해비샴을 사랑하는 척했던 자의 이름이야.

나는 책을 덮고 허버트에게 고갯짓을 해 보였다. 우리는 아무 말도 하지 않았다. 그저 프로비스가 파이프를 피우면서 서 있는 뒷모습을 멍하니 바라보기만 했다.

제 11 장
프로비스를 위한 작전

나는 프로비스와 함께 외국으로 떠나기 전에 에스텔라와 해비샴을 꼭 한번 만나야겠다고 허버트에게 말했다. 물론 허버트와 단둘이 있을 때 한 말이었다.

다음 날, 나는 리치몬드로 갔다. 그러나 에스텔라는 해비샴한테 가고 없었다. 나는 서둘러 새티스 저택으로 방향을 바꿨다.

마차가 여인숙 앞에 도착했을 때, 나는 그곳에서 나오는 벤틀리 드러믈과 마주쳤다. 우리는 서로 못 본 척 지나쳤다. 나로선 그가 여기 온 속내를 훤히 꿰뚫고 있었기에 몹시 불쾌했다.

나는 간단한 요기라도 할 요량으로 식당에 들어갔다. 식당 한 구석에 앉아 신문을 읽고 있는 드러믈의 모습이 보였다. 그와 자꾸 마주치는 게 신경쓰였지만 짐짓 모른 척했다. 그런데 그가 내게 다가와 먼저 말을 걸었다.

"이 근처에는 늪지대가 있다지? 건너편에는 이상한 마을도 있고. 아, 맞다! 대장간도 있다며?"

내가 대꾸하지 않자, 그는 큰 소리로 웨이터를 불러 물었다.

"말은 준비됐나?"

"문 앞에서 기다리고 있습니다, 나리."

"그 아가씨께서는 오늘 말을 타지 않으실 거야. 날씨가 좋지 않아서 말이야. 그리고 나는 오늘 여기서 저녁 식사를 하지 않을 거네. 아가씨 집에 초대받았거든."

"알겠습니다, 나리."

드러믈은 비웃음 어린 표정으로 나를 쳐다보았다. 내게서 질투심을 불러일으키려는 비열한 속셈이 분명했다. 속이 쓰려 음식을 삼킬 수가 없었다. 그가 식당을 나가고 나서야, 나는 다시 식사를 할 수 있었다.

나는 아침 식사를 하자마자 샤워를 하고 옷을 갈아입었다. 그리고 새티스 저택으로 향했다.

해비샴은 난로 가까이에 앉아 있었고, 에스텔라는 그녀의 발치에서 뜨개질을 하고 있었다. 나는 해비샴에게 내 은인이 누군지를 알아냈다고 말했다. 그녀는 일부러 내가 자신을 은인으로 착각하도록 내버려 뒀다는 사실을 인정했다.

"그게 저한테 베푼 친절이었나요?"

내가 묻자, 해비샴은 지팡이로 바닥을 치며 화를 냈다.

"세상에! 내가 누군데 친절하고 말고 한단 말이냐?"

나는 내가 생각해도 어리석기 짝이 없는 불평 따위는 그만두기로 했다.

"그래, 또 무슨 이야기를 하고 싶냐?"

그녀가 물었다.

"당신도, 당신 친척도 저를 이용했어요. 그리고 당신은 친척들에게 큰 잘못을 저질렀고요. 그래도 저는 매슈 포케트 씨와 허버트를 만나서 기뻐요. 그들은 제 친구가 되었죠."

"그래서 네가 원하는 게 뭐지?"

"혹시 유산을 남길 때 매슈 포케트 씨를 다른 친척들과는 다르게 생각해 주셨으면 합니다. 그리고 허버트가 일생 동안 사업을 할 수 있도록 도우시겠다면, 그 방법을 말씀드릴 수는 있습니다."

그녀는 나를 빤히 쳐다보았다. 나는 고개를 돌린 채 떨리는 목소리를 애써 누르며 에스텔라에게 말했다.

"에스텔라, 넌 내가 너를 사랑한다는 걸 알고 있어. 오랫동안 끔찍이 사랑하고 있었다는 걸 알고 있어. 그렇지?"

그녀는 고개를 들어 나를 쳐다보았다. 하지만 손가락으로는 뜨개질을 계속하고 있었다.

"나는 이 말을 진즉 했어야 했어. 하지만 나는 네 양어머니가 우리를 맺어 줄 것으로 착각하고 말을 하지 않았던 거야. 나는 네가 어쩔 수 없는 상황에 처해 있다고 생각하고, 그 말을 하지 않았던 거라고. 하지만 이젠 그 말을 해야겠어."

에스텔라는 여전히 움직이지 않고 뜨개질을 계속하며 고개를 저었다. 나는 그 모습을 똑바로 쳐다보고 말했다.

"알아, 알아. 에스텔라, 네가 내 사람이 될 희망은 없어. 그렇지만 나는 여전히 너를 사랑해. 이 집에서 너를 처음 본 순간부터 너를 사랑했어."

그녀는 손을 부지런히 움직이면서도 자세를 전혀 바꾸지 않고 나를 바라보았다. 그러고는 다시 한 번 고개를 저은 뒤 아주 차분한 어조로 이렇게 말했다.

"내가 이해할 수 없는 감정이 이 세상에 존재하는 것 같아. 나를 사랑한다는 말 자체는 알겠지만 그 이상은 모르겠어. 내 마음에 전혀 와 닿지를 않아. 네가 하는 말은 나하고 상관없는 거야. 내가 너한테 이렇게 될 거라고 미리 경고하지 않았던가?"

나는 한없이 서글픈 표정으로 그렇다고 대답했다. 에스텔라가 계속 말했다.

"하지만 넌 내가 말은 그렇게 해도 속마음은 그렇지 않을 거라고 지레짐작하고 내 말을 믿지 않으려 했던 거야. 그렇지?"

"네가 정말로 그런 의미로 말한 것이 아니라고 생각하고, 또 그러길 바랐어. 그렇게 젊고 순수하고 아름다운 네가 그러리라고는 생각하지도 못했어! 그건 결코 본성이 아닐 거야!"

"그건 본성이야. 내 안에 만들어진 본성이야. 이렇게 말하는 것도 내가 너를 다른 사람과 다르게 생각하기 때문이야."

나는 에스텔라에게 드러믈과 같이 말을 타고 식사도 하기로 했냐고 물었다. 그녀는 내가 그 사실을 알고 있다는 것에 약간 놀라는 눈치였다. 하지만 곧 단호하게 대답했다.

"맞아."

"에스텔라, 너는 그 사람을 사랑할 수 없어."

"내가 너한테 뭐라고 했지? 그럼에도 불구하고 너는 아직도 내가 한 말이 진심이 아니라고 생각하는 거야?"

"에스텔라, 그 사람하고 결혼하려는 건 아니겠지?"

그녀는 해비샴을 바라보고 뜨개질감을 만지작거리면서 잠시 멈칫하더니 이렇게 말했다.

"그래, 사실대로 얘기할게. 나는 그 사람하고 결혼할 거야."

나는 고개를 떨어뜨린 채 두 손으로 얼굴을 감쌌다. 하지만 걱정했던 것보다 훨씬 수월하게 내 감정을 통제할 수 있었다.

"에스텔라, 부탁이야. 양어머니 때문에 그런 치명적인 결정을 내려서는 안 돼. 나라는 인간은 영원히 안중에 없어도 돼. 나는 네가 이미 그렇게 했다는 걸 알고 있어. 하지만 너는 드러믈보다 더 좋은 사람을 만나서 결혼해야 해. 네 양어머니는 너를 정말로 좋아하는 사람들에게 모욕과 상처를 주려고 그 사람과 결혼시키려는 거야. 그리고 드러믈보다 좋은 사람은 아주 많아. 내가 아니라고 하더라도 나처럼 너를 진심으로 사랑하는 사람과 결혼하도록 해. 제발 그렇게 해."

나는 거의 울먹이다시피 애원했다. 그러자 에스텔라가 부드러운 목소리로 달래듯 말했다.

"아무리 네가 그래도 나는 그 사람과 결혼할 거야. 결혼 준비도 잘돼 가고 있어. 곧 결혼식을 올릴 거야. 너는 왜 내 양어머니를 끌어들이는 거야? 그건 내가 선택한 일이야."

"에스텔라, 그런 짐승한테 네 자신을 던져 버리는 게 너의 선택이라고? 그처럼 비열하고 무식한 짐승한테?"

그녀가 말했다.

"내 인생을 바꾸고 싶어서 내가 선택한 거라고. 우리는 결코 서로를 이해하지 못할 거야. 그리고 내가 그 사람한테 편안한 존재가 될 거라고는 생각하지 마. 그렇게는 안 될 거야. 이리 와! 내 손을 잡아! 이 바보야, 우린 이렇게 헤어지는 거야?"

비참했다. 도무지 내 감정을 주체할 수 없었다. 내 뜨거운 눈물이 그녀의 하얀 손등 위로 뚝뚝 떨어졌다.

"아, 에스텔라! 나는 네가 야비한 드러믈의 부인으로 사는 꼴을 이 영국 땅에서 결코 볼 수가 없어."

"말도 안 되는 소리 하지 마. 곧 잊혀질 거야."

"절대 그렇지 않아, 에스텔라!"

"일주일만 지나면 너는 내 생각을 하지 않게 될 거야."

"생각을 하지 않는다고? 너는 내 존재의 일부이고 내 자신의 일부야. 잘살아. 하나님이 너를 보호해 주시고 용서해 주시기를 빌게!"

모든 게 끝났다. 많은 일이 일어났고, 많은 일이 사라졌다. 밖으로 나왔을 때 날은 이미 어두워져 있었다.

나는 런던까지 걸어가기로 마음먹었다. 여인숙으로 돌아가 드러믈과 다시 마주칠 일을 생각하니 너무 끔찍했다. 마차에 앉아 사람들과 얘기를 나눠야 한다는 것도 참을 수 없는 일이긴 마찬가지였다.

런던교를 지날 때는 자정이 훌쩍 넘어 있었다. 나는 강을 따라 걸었다. 템플 저택에 도착해 안으로 들어가려는데 수위가 내 팔을 잡고는 편지 한 통을 건네 주었다. 수위는 방에 들어가기 전에 반드시 그 편지를 읽어야 한다고 일러 주었다.

나는 그 자리에서 봉투를 뜯었다. 웨믹이 보낸 쪽지였다. 나는 수위가 비춰 주는 불빛으로 종이에 적힌 글씨를 읽어 내려갔다.

집에 들어가지 마!

나는 마차를 타고 곧장 햄머스미스로 갔다. 그리고 여인숙에서 하룻밤을 묵었다.

다음 날 아침, 나는 웨믹의 집을 찾았다. 그는 나를 반기며 쪽지에 얽힌 궁금증을 풀어 줬다.

그는 뉴게이트 감옥에 일을 보러 갔다가, 프로비스 때문에 사람들이 나를 찾고 있다는 것과 가든 코트에 있는 내 방도 감시 중이라는 말을 분명히 들었다고 했다. 심지어 콤페이슨이 런던에 있다는 소식도 들었다고 했다. 그래서 나한테 경고를 해 줄 필요성을 느껴 편지를 남긴 것이었다.

웨믹은 사태 해결에 대한 자신의 의견도 내놓았다. 감시가 느슨해지기 전까지 프로비스가 외국으로 도망가는 건 위험하니, 차라리 런던에 숨어 있는 게 좋겠다는 얘기였다. 그래서 그는 일단 허버트와 의논해 프로비스를 허버트의 약혼녀인 클라라의 집으로 옮겼다고 했다.

웨믹은 그렇게 하는 게 좋은 이유 세 가지를 들었다. 첫째, 그 집은 템플 저택과 멀리 떨어져 있어서 아무도 나를 거기서 찾지 않을 것이라는 점. 둘째, 내가 그곳에 굳이 가지 않더라도 허버트를 통해서 프로비스가 잘 있는지 확인할 수 있다는 점. 셋째, 외국 선박에 승선하게 될 경우 그 집이 강변에 있어 아주 유리하다는 점이었다.

웨믹의 말에 나는 마음이 홀가분해졌다. 나는 그에게 고맙다는 말을 여러 번 했다. 그는 어두워질 때까지 자기 집에 있다가 가라고 했다. 그는 그의 늙은 아버지와 나를 남겨 두고 집을 나섰다. 상황을 좀 더 알아본 뒤 알려 주겠다는 말도 덧붙였다.

날이 아주 컴컴해졌을 때, 나는 프로비스가 숨어 있는 곳을 찾아 나섰다. 그곳은 밀 폰드 둑이라 불리는 곳이었다. 여러 번 헤맬 만큼 복잡한 길이었다. 이상한 몇몇 집을 살피다가, 마침내 윔플이라는 문패가 걸린 집을 찾아냈다.

문을 두드리자, 인자하게 생긴 노부인이 나타났다. 곧 허버트가 나왔다. 그는 노부인을 밖으로 내보낸 뒤 조용히 나를 객실로 안내했다.

"헨델, 다 괜찮아. 그분도 너를 몹시 보고 싶어 하셔. 그리고 여기 있는 것도 아주 만족해하고 있어. 내 약혼녀 클라라는 아버지와 같이 위층 방에 있어. 클라라가 내려오면 소개시켜 줄게. 프로비스는 클라라가 내려온 다음에 가서 만나."

그때 위층에서 고함 소리가 들렸다.

"클라라 아버지야. 나도 아직 뵙진 못했어. 늘 술만 드셔."

허버트가 낮은 목소리로 클라라 집안에 대한 이야기를 하는데, 불쑥 방문이 열렸다. 날씬하고 예쁜 여자 하나가 손에 바구니를 들고 들어왔다. 눈동자가 유난히 검은 그녀는, 스무 살쯤 돼 보였다. 허버트가 바구니를 받아 들었다. 그러고는 그녀를 내게 소개했다.

나는 클라라와 인사를 나눈 뒤 허버트와 함께 맨 꼭대기 층으로 올라갔다. 그러고는 프로비스가 머물고 있다는 방으로 들어갔다. 그런데 프로비스는 나를 보고도 놀라는 기색이 전혀 없었다. 굳이 말을 할 필요성도 느끼지 못하는 것 같았다.

　나는 웨믹한테서 들은 이야기 가운데 몇 가지만 추려서 그에게 전했다. 내 집이 감시당하고, 그가 숨어 있어야 하고, 상황을 봐서 외국으로 나가는 게 좋을 것 같다는 등등의 얘기였다. 그가 가장 미워하는 콤페이슨에 관한 이야기는 일부러 전하지 않았다.

　옆에 있던 허버트가 좋은 제안을 했다.

　"헨델, 우리 두 사람이 노를 잘 저으니까 기회가 오면 이분을 강 아래쪽으로 모셔다 드릴 수도 있겠어. 그러니까 그 일을 위해 배를 빌릴 필요도 없고, 노 젓는 사공도 필요가 없다는 거지. 너는 지금이라도 당장 배를 타고 강을 올라갔다 내려갔다 하는 취미 생활을 사람들한테 보여 주는 거야. 한 스무 번 그러면 아무도 너를 수상하게 여기지 않을 거야. 안 그래?"

　나와 프로비스는 그 제안이 마음에 들었다. 그래서 우리는 그 계획을 즉시 실행에 옮기기로 했다. 그리고 만약 우리가 노를 저어 가더라도 프로비스가 우리를 아는 척해서는 절대 안 된다는 다짐을 받아 두었다. 하지만 그가 우리를 발견하고 모든 게 무사하다고 판단되면 창문의 차양을 내려야 한다는 것도 약속했다. 허버트와 나는 그에게 잘 자라는 인사를 하고 방에서 나왔다.

아래층에는 허버트의 아름다운 약혼녀와 노부인이 앉아 있었다. 나는 그들과 작별 인사를 나누었다. 그런데 그 순간 느닷없이 에스텔라와 헤어졌다는 사실이 머릿속에 떠올랐다. 집으로 돌아가는 길이 유난히 멀게 느껴졌다.

다음 날, 나는 배를 구해 일이 분이면 닿을 수 있는 곳에 매어 놓았다. 나는 노 젓는 연습부터 하기 시작했다. 때로는 혼자 했고 때로는 허버트와 같이 했다. 내가 자주 노를 저으며 강을 오고 가자, 사람들은 크게 신경을 쓰지 않았다. 처음에는 멀리 가지 못했지만, 시간이 지나니 밀 폰드 둑까지 다녀올 수가 있었다.

허버트는 적어도 일주일에 세 번 정도는 클라라의 집에 가 프로비스를 만났다. 놀랄 만한 소식은 없었다. 하지만 나는 경계심을 풀지 않았고, 내가 감시를 받고 있다는 사실도 잊지 않았다.

제 12 장

에스텔라의 비밀

어느 날 저녁, 나는 산책을 하다가 재거스 씨를 만났다. 그는 게라드 가에 있는 자기 집에서 식사를 하자고 했다. 나는 거절을 하려다가, 웨믹도 올 거라는 말을 듣고 초대에 응하기로 했다. 일단 재거스 씨의 사무실로 간 뒤, 그가 서류 정리를 마치자마자 웨믹과 함께 마차를 타고 게라드 가로 갔다.

재거스 씨 집에 도착하자마자 우리는 저녁을 먹었다. 전에 그 집에서 본 적이 있는 사십 대 가정부가 여전히 시중을 들고 있었다. 다시 보니 키가 조금 크고, 커다란 눈은 어딘지 모르게 흐릿하고, 머리칼은 얼굴 위로 흘러내려와 있었다. 얼굴은 아주 창백해 보였다.

가정부가 재거스 씨의 팔꿈치 옆에 또 다른 음식을 올려놓으려 했다. 재거스 씨가 빨리빨리 하라며 그녀를 닦달했다. 그녀는 식탁에서 몇 발짝 물러나더니 이런저런 변명을 늘어놓았다. 그런데 말을 하면서도 계속해서 손가락을 움직이고 있었다. 그 모습이 마치 뜨개질을 하는 것처럼 보였다.

가정부는 재거스 씨 옆에 계속 서 있었다. 재거스 씨가 무슨 말을 더 할지 몰라 기다리고 있는 것 같은 눈치였다. 나는 그녀를 더 자세히 보았다. 그녀의 눈매와 손이 아주 낯익어 보였다. 분명 최근에 어디선가 본 적이 있는 것 같았다.

잠시 뒤 재거스 씨가 가정부를 내보냈다. 그녀는 조용히 방에서 나갔다. 하지만 그녀의 모습이 너무나도 생생하게 내 눈앞에 아른거렸다. 마치 그녀가 아직도 그 자리에 서 있는 것 같았다.

나는 그러한 손을 본 적이 있다. 그러한 눈을 본 적이 있다. 흘러내리는 머리 모양을 본 적이 있다. 나는 그녀의 손과 눈과 머리칼을 내가 알고 있는 사람의 것과 비교해 보았다. 비열한 드러믈과 이십여 년을 살고 난 뒤의 에스텔라의 모습. 너무 똑같았다. 나는 재거스 씨의 가정부가 에스텔라의 어머니임이 확실하다고 생각했다.

저녁을 다 먹고 나서, 웨믹과 나는 재거스 씨의 집을 나섰다. 나는 웨믹에게 그 여자에 대해서 아는 것이 있느냐고 물었다.

"한 이십 년쯤 됐나? 살인죄로 재판을 받았던 여자야. 하지만 무죄로 풀려났지. 상당한 미인이었지만 거리를 떠돌며 살았대. 재거스 씨가 그 재판에서 그녀를 변호했는데, 아주 놀라운 방식으로 그 사건을 해결했지. 죽은 여자는 그녀보다 열 살쯤 많았는데 힘도 아주 셌다나 봐. 죽은 여자도 거리를 떠돌며 살던 여자였대. 살인 사건은 바로 질투 때문에 일어난 거였지.

재거스 씨가 변호를 맡았던 그녀는 아주 어렸을 때, 형편없는 범죄자와 결혼을 했나 봐. 바로 그 범죄자가 죽은 여자와 바람을 피웠던 거지. 죽은 여자의 시체는 농장 건물에서 발견되었는데, 몸 상태를 보니 격렬한 난투극이 벌어졌던가 봐. 죽은 여자의 살갗이 긁히고 찢겨져 있었대. 살인범이 죽은 여자의 숨이 끊어질 때까지 목을 졸랐던 거지. 살인범으로 체포당한 그녀의 몸에는 별 상처가 없었는데, 손등은 긁혀 있었대. 그 상처가 손톱에 긁혀 생긴 것이냐 아니냐, 이것이 문제의 초점이었지. 재거스 씨는 그 상처가 날카로운 덤불에서 그녀가 몸부림을 치다가 생긴 것이라고 주장했지. 그는 그러한 상처가 덤불 때문에 생길 수 있다는 예를 실제로 제시하기도 했어. 하지만 그것만 가지고는 부족했어. 그래서 재거스 씨는 무죄를 입증하기 위해 다른 사람이 상상도 할 수 없는 아주 강력한 논리를 내세웠어.

그녀는 살인이 일어났던 바로 그 시각에 그 남자와의 사이에서 낳은 서너 살 먹은 아이를 살해하려 했다는 의심을 받고 있었어. 그 남자에게 복수를 하려고 말이야. 재거스 씨는 만약 그

것이 사실이라면 어린아이한테 긁혀서 상처가 생겼을 수도 있다고 주장했어. 증거는 물론 없었지. 하지만 재거스 씨는 그 점을 물고늘어졌어. '지금 아이를 살해했다는 죄목으로 피고를 재판하는 건 아니지 않습니까?' 배심원들은 재거스 씨의 논리를 반박할 수 없어 그 여자를 풀어 주도록 한 거야."

"그러면 그 여자는 그때부터 재거스 씨를 위해 일을 하게 된 거야?"

"그래."

"그 아이가 여자애였는지 남자애였는지 알아?"

"여자애였다고 그러더군."

나는 머릿속이 복잡해진 상태로 웨믹과 헤어졌다.

집에 도착하니, 해비샴이 보낸 편지가 와 있었다. 자기한테 오라는 내용이었다.

다음 날 나는 새티스 저택에 갔다. 나를 보자마자 해비샴이 말했다.

"허버트를 돕고 싶다고 했지. 그래 얼마가 필요하지?"

"구백 파운드가 필요합니다."

"내가 그 돈을 너에게 주면 네 마음이 편해지겠니?"

"훨씬 편해질 겁니다."

그녀는 나에게 그 돈을 주라는 내용의 편지를 써서 재거스 씨에게 보냈다. 그러고는 나한테 잘못한 것이 미안하다며, 내 손을 꼭 잡고 절망적으로 울었다.

"아! 내가 무슨 짓을 한 것이냐! 내가 무슨 짓을 한 것이냐!"

"당신이 저한테 무슨 해를 끼쳤다고 생각하신다면 제 말을 좀 들어 보세요. 당신은 한 일이 별로 없어요. 어떠한 상황에서도 저는 에스텔라를 사랑했을 테니까요. 에스텔라는 결혼했나요?"

"그래!"

물어볼 필요가 없는 질문이었다. 그 집에 깃들어 있는 정적이 그걸 여실히 말해 주고 있었기 때문이다.

"네가 나에 관한 모든 얘기를 안다면, 조금은 나를 동정해 주고 더 이해해 줄 수 있을 텐데."

"저는 알고 있습니다. 저로서도 몹시 가슴 아프게 생각하고 있습니다. 그런데 에스텔라의 어린 시절에 대해서 한 가지 여쭤 봐도 될까요? 에스텔라의 부모는 누구였나요?"

그녀는 고개를 가로저었다.

"모르신다구요?"

그녀는 다시 고개를 가로저었다.

"하지만 재거스 씨가 그녀를 이곳으로 데리고 왔거나, 이곳으로 그녀를 보내지 않았던가요?"

"그 사람이 여기로 데려왔지."

"그때 에스텔라의 나이가 몇 살이었나요?"

"두세 살쯤 됐을 거야. 그 애도 그건 모르고 있어. 부모가 없기에 내가 양녀로 삼았지."

나는 재거스 씨의 가정부가 그녀의 어머니라고 확신했다. 그래서 더 이상의 증거를 확보할 필요가 없었다.

이제 이야기를 더 나눈다는 것은 아무런 소용이 없었고, 무엇을 더 얻을 것 같지도 않았다. 허버트를 위해 요청한 돈 문제는 해결이 되었고, 해비샴은 나한테 에스텔라에 대해서 알고 있는 모든 걸 얘기해 주었다.

나는 잠시 산책을 나갔다가 작별 인사를 하러 방으로 다시 들어갔다. 그런데 놀랍게도 방 안에서 불길이 솟았고, 해비샴이 불길에 휩싸인 채 내게 달려왔다. 그녀는 중상을 입었으며, 나도 양팔에 약간의 화상을 입었다.

집에 돌아온 나는 허버트의 간호를 받으며 지냈다. 하지만 팔은 쉽게 아물지 않았다. 그러는 동안에도 허버트는 프로비스가 머무는 집을 여러 차례 찾아갔다.

어느 날 저녁, 난로 앞에 앉은 허버트가 내게 말했다.

"헨델, 지난밤에 말이야, 프로비스와 두 시간 동안 같이 있었거든. 그런데 예전에 하지 않던 자신의 이야기를 다 털어놓더라. 그는 자신의 골치를 썩였던 여자에 대해서 얘기했어. 질투심도 많고 복수심도 많은 젊은 여자였다고 하더라고. 한번 시작하면 끝장을 봐야 직성이 풀리는 그런 여자였대."

"끝장을 보다니?"

"글쎄, 살인을 했대."

"어떤 식으로 누구를 죽였는데?"

"농장 건물에 또 다른 여자가 있었는데 힘이 아주 셌다나 봐. 서로 엉겨붙어 싸우다가 그 여자가 죽었대. 재거스 씨가 그 살인자를 변호하게 됐고, 변호를 성공적으로 하니까 프로비스도 그의 이름을 자연적으로 알게 됐대."

"유죄였대?"

"아니, 무죄로 석방됐대. 그런데 이 여자와 프로비스 사이에 어린아이가 있었는데, 프로비스가 그 아이를 아주 좋아했다나 봐. 살인이 일어나던 날 저녁, 아이 엄마가 프로비스를 찾아왔대. 아이는 엄마가 자기 집에 두고 왔고. 그런데 아이 엄마가 프로비스에 대한 복수로 아이를 죽여 버리겠다고 말하고는 사라졌대."

내가 물었다.

"그 여자가 정말로 그렇게 했대?"

"그랬다나 봐."

허버트가 내게 바짝 다가오며 말했다.

"프로비스는 아마 그렇게 생각하겠지."

"물론 그렇겠지. 저번에 우리한테 자기가 살았던 얘기를 해 준 적이 있잖아. 그 아이의 엄마는 사오 년 동안 그처럼 끔찍하게 살았던 모양이야. 그 사람은 그 여자를 불쌍하게 생각했던 것 같아. 그래서 자기가 법정에 불려 나가 그 여자가 아이를 살해했다는 증언을 하기가 두려웠대. 그러면 그 여자가 죽게 되니까 말이야. 그래서 아무도 모르게 숨어 버렸대. 재판이 끝난 뒤, 무죄로 풀려난 그 여자는 행적을 감췄고, 그래서 그는 아내와 아이를 모두 잃게 되었대. 콤페이슨이라는 작자는 그가 당시에 그러한 이유로 숨어 있는 걸 이용해서 그를 틀어쥐고 착취했던 거지."

"그때가 언제였는지 얘기해?"

내가 물었다.

"약 이십 년 전이라고 하더라. 교회 묘지에서 그를 처음 만났을 때 너는 몇 살이었지?"

"일곱 살이었을 거야."

"맞아. 그때 네 모습을 보고 죽은 딸이 생각났다고 했어."

"허버트, 날 좀 쳐다봐. 내 몸을 만져 봐. 나한테 열이 있는 것 같지는 않지?"

허버트가 나를 찬찬히 살펴보더니 말했다.

"아니. 좀 흥분했을 뿐, 넌 아주 정상이야."

"나도 내가 지극히 정상이라는 것을 잘 알아. 우리가 강변 옆에 숨겨 주고 있는 사람이 바로 에스텔라의 아버지라는 것도."

제 13 장
오래된 복수

월요일 아침, 허버트와 아침 식사를 하고 있을 때였다. 나는 웨믹에게서 다음과 같은 편지를 받았다.

이 편지는 읽자마자 태워 없애야 해. 네가 정 그렇게 그 일을 하고 싶다면 이번 주 수요일쯤에 하는 게 좋겠어. 편지는 태워 버려.

나는 편지를 허버트에게 보여 준 다음 불에 태웠다. 우리는 어떻게 해야 할지 잠시 생각했다. 허버트가 말했다.
"곰곰 생각해 봤는데 말이야. 템스 강에서 일하는 사람보다는 다른 사람에게 도움을 청하는 게 좋겠어. 스타톱이 어떨까? 그

애는 정직하고 똑똑한 데다, 무엇보다 우리를 좋아하고 도와주고 싶어 하잖아. 우선 비밀을 지키게 한 뒤 프로비스를 급하게 외국으로 보내야 한다고 둘러대면 될 것 같아. 그런데 넌 프로비스와 같이 갈 거야?"

"물론이지."

"어디로?"

프로비스가 영국을 빠져나갈 수만 있다면 어디든 상관없었다. 어떤 외국 배든 탈 수만 있다면 그걸로 충분했다. 그 배가 런던을 출발하기 전날, 강 아래쪽으로 내려가서 조용한 곳에 숨어 있다가 그 배를 향해 노를 저어 가면 될 것 같았다.

허버트는 그 계획에 찬성했다. 아침 식사를 마친 우리는 밖으로 나가 배들의 출항 시간을 알아봤다. 마침 함부르크로 가는 배가 있었다. 우리의 목적에 가장 부합되는 배였다.

우리는 스타톱도 만났다. 스타톱은 비밀을 지키는 것은 물론 기꺼이 우리를 도와주겠다고 했다. 그와 허버트가 노를 젓고, 내가 키를 잡고 방향을 지시하기로 했다. 화상 입은 팔이 아직 낫지 않아 노를 제대로 저을 수 없기 때문이었다.

허버트에게는 또 해야 할 일이 있었다. 계획을 성공시키기 위해서는 우리가 강둑에 접근하는 시간에 맞춰 프로비스도 정확히 그곳에 나와 있어야 했다. 조금이라도 빠르거나 늦어서는 안 되었다. 허버트가 할 일은 바로 그 계획을 프로비스에게 전하는 것이었다. 허버트는 프로비스를 만나러 떠났다.

　모든 준비는 끝났다. 나는 일단 집으로 갔다. 그런데 편지 한 통이 와 있었다.

　오늘 밤이나 내일 밤 아홉 시에 늪으로 날 만나러 와라. 두렵지 않으면 말이야. 석회를 굽는 가마 옆에 작은 움막이 있는 거 알지? 프로비스에 관한 정보를 원한다면 오는 게 좋아. 아무에게도 얘기하지 말고 혼자 와라. 시간이 없어. 꼭 혼자 와야 돼.

　그 낯선 편지가 오기 전에도 내 마음은 이런저런 생각으로 충분히 복잡했다. 이제 어떻게 해야 할지 알 수 없었다. 하지만 시간이 없었다. 그래서 나는 허버트에게 해비샴을 잠깐 만나고 오겠다는 쪽지를 써 놓고 집을 나섰다.

　늪지대에 도착하기도 전에 날은 어두워져 있었다. 마을에 들어선 나는 내가 늘 머물던 여인숙을 피해 그보다 더 작은 여인숙을 숙소로 정했다. 그곳에서 늦은 식사를 하고는 두툼한 외투를 걸치고 늪을 향해 출발했다.

　바람이 거세게 부는 밤이었다. 나는 을씨년스러운 늪지대를 정신없이 걸었다. 가마 옆에 있는 움막에서 불빛이 새어 나오고 있었다. 나는 문을 두드렸다. 아무 대답이 없었다. 나는 다시 한 번 문을 두드렸다. 역시 아무런 기척도 없었다. 손잡이를 돌려

봤다. 뜻밖에도 손잡이는 쉽게 돌아갔다. 문을 열고 움막 안으로 들어갔다. 촛불이 켜진 움막 안에는 긴 의자와 침대만이 덩그러니 놓여져 있었다.

"아무도 없나요?"

애써 태연한 척 큰 소리로 물어보았지만, 아무런 대답이 없었다. 나는 또 한 번 소리쳤다. 역시 조용했다. 나는 어떻게 해야 할지 몰라 밖으로 나왔다.

갑자기 비가 내리기 시작했다. 나는 어쩔 수 없이 다시 움막 안으로 들어갔다. 순간 촛불이 꺼지더니, 누군가가 내 머리에 밧줄을 걸고 내 손을 옆으로 묶었다. 뜨거운 입김이 훅 하고 목덜미에 와 닿았다.

"네놈은 이제 걸려들었어!"

나는 몸부림을 치며 비명을 질렀다.

"이게 무슨 짓이죠? 누구세요? 사람 살려! 사람 살려!"

내가 소리를 지르자, 투박하고 거친 손이 내 입을 틀어막았다. 그러고는 벽에서 약간 떨어진 사다리에 내 몸을 묶었다.

"다시 또 한 번 소리를 질러 봐라. 당장 죽여 버릴 테니."

상대방이 촛불을 켰다. 올릭! 그는 다름 아닌 올릭이었다. 우리는 얼마 동안 서로를 쳐다보았다.

올릭이 말했다.

"이제야 네놈을 잡았어."

"나를 풀어 줘. 가게 해 달란 말이야."

"뭐라고? 그래, 가게 해 주지. 달에도 보내 주고, 별에도 보내 주마. 때가 되면 아예 영영 사라지게 해 주지."

그는 손을 뻗어 총을 집어 들었다. 그리고 내게 총을 겨누며 말했다.

"너, 이게 뭔지 알아? 전에 어디서 이걸 봤는지 알아? 말해 봐, 이 개 같은 자식아!"

"그래."

나는 올릭이 새티스 저택의 문지기로 일할 때, 그의 방에서 그걸 본 적이 있었다.

"너 때문에 그 집에서 쫓겨났어. 네놈이 그랬지? 말해 봐!"

"나는 그럴 만한 힘이 없어."

나는 딱 잡아뗐다.

"분명히 네가 그랬을 거야. 안 봐도 알아. 이 자식아, 네놈이 겁도 없이 내가 좋아하는 여자 사이에 감히 끼어들어?"

"내가 언제 그랬어?"

"언제 그랬냐고? 그 여자에게 나에 대해 나쁘게 말한 건, 이 자식아, 언제나 너였어."

문득 내가 비디에게 했던 말이 떠올랐다.

"그건 너 스스로 불러들인 거야. 자업자득이었어. 그래, 나를 어쩔 셈이야?"

"죽여 버릴 테다. 이 세상에 네놈의 뼛조각 하나도 안 남게 해 주겠다. 아무것도 남지 않을 때까지 불에 태워 죽이겠다."

술을 많이 마신 모양이었다. 그의 눈은 벌겋게 충혈되어 있었고, 목에는 술병이 걸려 있었다. 그는 술병을 벌컥벌컥 들이키곤 말을 이어 갔다. 지독한 술 냄새가 확 풍겼다.

"개 같은 놈! 놀랄 얘기 하나 해 줄까? 네 누나를 죽게 한 건 바로 너야!"

"네놈이 죽인 거 다 알고 있어."

"다시 말하지만 그건 너 때문에 벌어진 일이었어. 너는 사랑을 받았지만 나는 늘 무시당하고 짓밟혔지. 그날도 나는 오늘처럼 뒤에서 나타나 네 누나를 쳤어. 하지만 그건 내가 한 짓이 아니야. 다 네놈 짓이라고. 자, 이제 네놈이 한 짓을 그대로 돌려받는 거야."

그는 다시 술을 들이켰고, 그럴수록 더 포악하게 행동했다. 그는 촛불을 집어 들더니 내 얼굴에 바짝 들이댔다. 나는 불에 데지 않도록 얼굴을 옆으로 돌렸다. 그런데 그가 갑자기 행동을 멈추더니 다시 한 번 술을 마셨다. 그러고는 몸을 굽혀 기다랗고 묵직한 손잡이가 달린 돌망치를 집어 들었다.

나는 그에게 살려 달라고 애원하지 않았다. 그저 온 힘을 다해 소리를 지르며 몸부림을 쳤다.

바로 그때였다. 문가에 불빛이 어른어른 비치더니 이내 사람들의 목소리가 들렸다. 당황한 그가 문 쪽으로 다가갔고, 잠시 뒤 올릭이 사람들과 난투극을 벌이는 모습이 보였다. 그러다가 그는 그들을 피해 어둠 속으로 도망쳤다.

나는 잠깐 정신을 잃었다. 깨어 보니 나는 바닥에 누워 있었다. 사람들의 얼굴이 눈에 들어왔다. 내 머리를 무릎으로 받치고 있는 사람은 허버트였고, 나를 굽어보고 있는 사람은 스타톱이었다.

허버트와 스타톱은 안도의 숨을 내쉬었다. 그러고는 화상당했던 내 팔을 천으로 싸맸다. 아마 올릭에게 저항하다가 상처가 도진 것 같았다. 잠시 뒤 우리는 그 움막을 나왔다.

나는 허버트와 스타톱에게 어떻게 나를 찾을 수 있었는지 물었다. 허버트는 내가 올릭의 편지를 방에 떨어뜨렸다고 했다. 아마도 서두르다가 그렇게 된 것 같았다. 마침 스타톱과 함께 집으로 온 허버트가 그 편지를 보았고, 그 편지의 내용이 왠지 심상치 않게 느껴져 그들은 그 편지를 보자마자 나를 뒤쫓아왔다고 했다.

특히, 내가 허버트에게 써 놓은 쪽지와 올릭의 편지 내용이 너무 차이가 나서 더욱 마음에 걸렸다고 했다. 이곳에 온 그들은 내가 늪지대로 가는 것을 우연히 본 여인숙 종업원을 만나 그를 앞세워 이 움막을 찾아냈다고 했다.

그날 밤, 우리는 다시 런던으로 돌아갔다. 수요일이 코앞에 닥

쳤기 때문이다. 런던에 도착하자, 날이 훤하게 밝았다. 나는 바로 침대로 가서 하루 종일 조용히 누워 있었다. 그러나 허버트와 스타톱은 쉬지도 않고 내 팔을 치료해 주었다.

잠깐씩 까무룩 잠이 들 때마다 나는 프로비스를 구할 기회를 놓쳐 버렸다는 생각에 다시 깨어나곤 했다. 계속되는 초조함에 나는 지치기 시작했다.

해가 뜨겁게 내리쬐고 바람이 차갑게 부는 3월의 어느 수요일 아침이었다. 우리는 선원 복장을 하고, 나는 가방을 들쳐 멨다. 내가 어디로 가게 될지, 무엇을 하게 될지, 언제 돌아오게 될지, 나로서는 전혀 알 수 없는 일이었다.

우리는 템플 계단을 천천히 내려갔다. 그리고 배를 탈 결심이 아직 서지 않은 사람들처럼 머뭇거렸다. 잠시 망설이다가 배에 올라타 그곳을 떠났다. 허버트와 스타톱은 노를 젓고, 나는 키를 잡고 방향을 지시했다.

계획은 이랬다. 우리는 어두워질 때까지 강 아래쪽으로 노를 저어 갈 심산이었다. 그러면 대략 켄트와 에섹스 사이에 있게 될 것이었다. 그곳은 강이 넓고 조용하며, 강가에 사는 사람들도 드물고, 한산한 술집들이 여기저기 흩어져 있는 곳이었다. 우리는 그 가운데 하나를 골라 밤새 숨어 있을 참이었다.

함부르크로 향하는 기선은 목요일 아침 아홉 시쯤에 런던에서 출발할 예정이었다. 우리는 그 배가 몇 시에 우리가 있는 지점을 지나갈지 알고 있었기 때문에 그에 맞춰 행동하려고 했다.

차가운 공기와 햇빛, 강물의 움직임이 나를 새로운 희망으로 부풀게 했다. 우리는 런던교를 통과했다. 내가 뒤쪽에 앉아 있었으므로 프로비스가 묵고 있는 집이 내게 제일 먼저 보였다. 배를 댈 수 있는 계단도 가까워졌다.

"그 사람 나왔어?"

침묵을 깨고 허버트가 물었다.

"아직 안 나왔는데. 아, 이제 보인다. 이쪽으로 대. 조심해, 허버트. 천천히 해."

배가 계단에 순간적으로 살짝 닿았다. 잠시 뒤 프로비스가 배에 올라탔다. 우리는 다시 출발했다. 그는 망토를 걸치고 있어서 수로 안내인처럼 보였다. 다행이었다.

프로비스는 앉으면서 내 어깨에 팔을 두르며 말했다.

"사랑하는 핍! 너는 정말이지 성실한 아이다. 고맙다, 정말 고마워!"

나는 조심스럽게 주위를 살펴보았다. 의심할 만한 것은 없었다. 프로비스는 우리 가운데 가장 태평한 사람 같았다. 비참한 생활을 하도 많이 겪어서 그런지도 모른다고, 나는 생각했다.

그렇다고 무관심하지는 않았다. 왜냐하면 그는 반드시 살아남아서 내가 최고의 신사가 되는 것을 보고 싶다고 말했기 때문이었다. 그는 수동적으로 행동하지도, 쉽게 단념하지도 않았다. 적어도 나는 그렇게 생각했다. 그는 중간에 위험이 닥칠 거라고는 생각하지 못하는 듯했다. 만약 위험이 닥치면 피하지 않고 맞설 태세였다.

우리는 인적 없는 강가에 배를 대고 먹고 마실 때를 제외하고는 하루 종일 노를 저어 움직였다. 어느새 밤이 되었고, 나는 마땅히 묵을 만한 곳이 있는지 찾아보았다.

마침내 어렴풋이 보이는 불빛과 지붕을 발견했다. 우리는 노 젓는 걸 멈추고 배를 둑으로 끌어올린 뒤 조심스레 그 술집으로 들어갔다. 약간 지저분했지만, 그곳에서 하룻밤을 보내기로 결정했다. 부엌에는 화력이 좋은 난로가 피워져 있었고, 무엇보다 베이컨과 달걀을 마음껏 먹을 수 있기 때문이었다.

더군다나 우리 네 사람이 자기에 딱 알맞은 크기의 침대가 있는 방이 두 개나 있었다. 우리는 난로 옆에서 저녁을 먹고 잠자리에 들었다.

나는 옷을 거의 다 입은 채로 누워 몇 시간 동안 푹 잤다. 잠에서 깬 나는 조용히 자리에서 일어나 창밖을 내다보았다. 배를 정박해 둔 둑이 보였고, 두 남자가 창문 밑으로 지나가는 것이 보였다. 잠시 뒤 두 남자는 늪지대를 건너갔다. 날이 어두워 더 이상 보이지 않았다. 나는 다시 잠이 들었다.

우리는 일찍 일어났다. 나는 새벽에 본 남자들에 대해 다른 사람들에게 얘기했다. 그러나 프로비스는 우리를 감시하는 사람들은 아닐 거라며 무심한 표정을 지었다.

하지만 자꾸 신경이 쓰였다. 그래서 나는 프로비스에게 일정한 지점까지 같이 걸어가다가 배에 올라 타자고 제안했다. 혹시 누군가가 우리를 미행할 경우에 대한 예방책인 셈이었다. 모두 그렇게 하기로 뜻을 모았다.

프로비스와 나는 계획대로 오랫동안 강가를 걸었다. 아무도 우리를 쫓아오지 않는 것 같았다. 내가 신호를 보내자, 배가 재빠르게 강가로 왔다. 프로비스와 나는 얼른 배에 올라탔다.

우리는 본격적으로 함부르크로 가는 기선을 찾아 나아갔다. 그 기선이 연기를 뿜어내는 걸 본 시각은 한 시 반경이었다. 그 뒤로 또 다른 기선이 내뿜는 연기가 보였다. 기선들은 빠르게 다가왔다. 우리는 두 개의 가방을 챙기고 허버트와 스타톱에게 작별 인사를 했다.

그때였다. 갑자기 노가 네 개나 되는 배가 둑 아래쪽에서 서서히 다가오고 있었다. 그 배는 우리와 같은 방향으로 노를 저어 오고 있었다.

우리 배와 기선 사이의 거리는 아직도 꽤 먼 상태였다. 그런데 좀 전의 그 배가 우리를 가로지르더니 옆으로 따라붙었다. 우리가 노를 저으면 그들도 저었고, 우리가 멈추면 그들도 멈추었다.

그 배 안에는 네 명의 노잡이 외에 두 사람이 더 타고 있었다.

한 사람은 키를 잡고 있었고, 또 한 사람은 프로비스처럼 망토를 걸치고 있었다. 망토를 걸친 사람은 우리를 쳐다보면서 키를 잡은 사람에게 뭔가를 소곤거리는 것 같았다.

몇 분 뒤 스타톱은 두 기선 가운데 함부르크행 기선이 먼저 다가오고 있다고 낮은 목소리로 나한테 알려 주었다. 그 기선은 아주 빠른 속도로 우리에게 접근해 오고 있었다. 엔진 소리가 점점 더 커졌다. 기선의 그림자가 우리 배에 드리워졌다고 느끼는 순간, 큰 배에 타고 있던 한 사람이 소리쳤다.

"너희 배에 불법으로 입국한 죄수가 타고 있는 걸 알고 있다. 망토로 몸을 싸고 있는 저놈이다. 아벨 매그위치가 본명이지만, 프로비스라는 가명을 사용하고 있지. 그놈을 어서 이쪽으로 넘겨라."

프로비스를 잡으러 온 경찰이었다. 그들은 자신의 배를 우리 배에 갖다 댔다. 노잡이들은 노를 배에 집어넣은 다음 우리 배의 뱃전을 붙들고 늘어졌다. 우리는 그들이 무슨 짓을 하려는지 알지 못했다.

그러자 함부르크행 기선에서도 일대 혼란이 일어났다. 우리 배와 경찰 배가 꿈쩍도 하지 않으니, 갑자기 기선을 멈춰야 했던 것이다. 기선을 정시시키라는 명령이 내 귓가에도 들렸다. 그럼에도 불구하고 기선은 걷잡을 수 없이 우리 쪽으로 다가오고 있었다.

바로 그 순간, 나는 경찰이 프로비스의 어깨에 손을 얹는 걸 보았다. 두 배는 기선이 급정지하면서 생긴 거센 물결 때문에 심하게 흔들렸다. 그때 프로비스가 벌떡 일어나더니 경찰 옆에 있던 남자의 목에서 망토를 잡아당겼다. 얼굴이 드러난 그는, 공포에 질려 뒷걸음질을 쳤다.

곧이어 기선에서 엄청난 소리가 들리고 첨벙하는 물소리가 났으며, 이내 내가 탄 배가 가라앉는 것 같은 느낌이 들었다. 잠시 뒤 나는 다른 배로 옮겨 탈 수밖에 없었다. 허버트와 스타톱도 거기에 있었다. 우리 배는 사라지고 없었다. 프로비스와 망토를 걸친 사람도 자취를 감춰 버렸다.

잠시 뒤 물 위로 검은 물체가 떠올랐다. 배가 그쪽으로 다가갔다. 프로비스가 헤엄을 치고 있는 게 보였다. 그러나 그는 곧 배 위로 끌어올려졌다. 그의 발과 손에 다시 수갑이 채워졌다. 망토를 걸친 또 다른 남자는 아무리 샅샅이 살펴봐도 찾을 수가 없었다. 모두 물에 빠져 죽었을 거라고 생각했다.

경찰은 우리가 아침에 떠나온 술집을 향해 노를 저었다. 나는 프로비스를 살펴보았다. 그는 가슴을 심하게 다쳤고, 머리는 깊숙이 찢어져 있었다. 그는 기선 밑으로 들어갔다가 나오면서 머리를 부딪힌 것 같다고 말했다. 그리고 망토를 걸친 자는 바로 콤페이슨이라고 말했다. 그들은 물속에서 난투극을 벌였는데, 프로비스는 겨우 빠져나올 수 있었다고 했다.

나는 경찰에게 프로비스가 젖은 옷을 갈아입을 수 있도록 해 달라고 부탁했다. 여인숙에서 구할 수 있는 것이라면, 뭐든 사서 입힐 셈이었다. 경찰은 내 부탁을 들어주었다. 다만 죄수의 소지품은 어느 것이든 손대지 말라고 했다. 그렇게 해서 한때는 내 손에 있었던 그의 지갑이 경찰의 손으로 넘어갔다.

우리는 물이 들어올 때까지 여인숙에 있었다. 물이 차오르자, 경찰은 프로비스를 배로 끌고 갔다. 허버트와 스타톱은 육로를 통해 최대한 빨리 런던으로 가려고 했다.

나는 적어도 프로비스가 살아 있는 동안에는 그의 옆을 지켜야 할 것 같았다. 그를 싫어했던 감정은 이미 사라지고 없었다. 나는 그가 진정으로 나를 도와주려고 했다는 걸 그제서야 깨달았다. 그는 따뜻한 마음으로 나를 대해 준 사람이었으며, 또 고마움을 아는 사람이기도 했다. 나는 조에게 느꼈던 것보다 더 큰 고마움을 프로비스에게서 느꼈다.

런던으로 돌아가는 도중, 나는 그에게 그가 나 때문에 위험을 무릅쓰고 영국으로 다시 돌아왔다는 사실이 슬프고 안타깝다고 속내를 털어놓았다. 그러자 그가 내 손을 잡고 이렇게 말했다.

"애야, 그런 위험을 감수했던 것에 나는 만족한다. 나는 너를 볼 수 있었고, 또 네가 나 없이도 신사가 될 수 있다는 걸 알았으니 말이다."

아니었다. 이제 그건 불가능한 일이었다. 그는 죄수였고, 그래서 그의 재산은 당연히 몰수될 것이었다. 그러면 나는 물려받을 재산이 없기에, 이젠 신사가 될 수 없었다. 물론 나를 부자로 만들겠다는 그의 희망도 물거품이 되고 말 터였다. 하지만 그런 사실을 그가 군이 알 필요는 없었다.

제 14 장
생애 최고의 친구

　프로비스가 감옥에 갇혀 있던 그때는 내 삶에서 참으로 암울
한 시기였다.

　그러던 어느 날 저녁, 허버트가 잔뜩 풀이 죽은 모습으로 집에
돌아왔다.

　"헨델. 머잖아 나는 일 때문에 카이로로 가야 해. 내가 떠나면
넌 정말 외로울 테지? 우리 같이 갈래?"

　"괜찮아. 나는 프로비스 곁에 있어야 해."

　"헨델, 카이로 지점에 사람이 필요한데……."

　그는 나를 배려해 '직원'을 '사람'이라는 단어로 바꿔 말하고
있었다.

"직원이 필요하단 말이구나."

"그래, 맞아. 하지만 시간이 지나면 동업자가 될 가능성이 없는 것도 아니야. 헨델, 같이 갈래?"

나는 무척 고마운 제안이긴 하지만, 지금으로서는 갈 수 있을지 잘 모르겠다고 했다. 허버트는 내가 마음의 결정을 내릴 때까지 일 년도 기다릴 수 있다며 다시 한 번 생각해 보길 바랐다. 나는 그에게 거듭 고맙다는 말을 전했다. 허버트가 악수를 청했다. 우리는 오랫동안 굳게 손을 잡았다.

마침내 허버트가 떠나는 날이 되었다. 허버트와 나는 아쉬운 작별 인사를 나눴다. 그는 새로운 사업에 대한 희망으로 한껏 부풀어 있었지만, 나를 두고 떠나는 것이 못내 걸리는 듯했다. 결국 그는 떠났고, 나는 아무도 없는 집으로 쓸쓸히 돌아왔다.

감옥에 갇힌 프로비스는 재판을 기다리는 내내 몹시 아팠다. 감옥에 갇힌 순간부터 서서히 몸이 약해지더니 상태가 부쩍 더 심각해진 것이었다.

재판은 빠르게 진행되었고 결과는 분명했다. 그에게 유리하게 작용할 수 있는 변론도 있었다. 그가 얼마나 열심히 일을 했으며, 정직하게 돈을 벌었는지 등등. 그러나 그가 유형지에서 도망쳤다는 사실만은 절대 부인할 수 없는 부분이었다. 사형 선고는 불을 보듯 뻔했다.

재판이 끝난 뒤, 나는 그를 살리기 위해 이리저리 뛰어다녔다.

그가 돌아온 것은 나 때문이라는 내용의 탄원서까지 작성해 고위직 관리들에게 보냈다. 그러면서도 그가 교수대에 서지 않고, 차라리 병으로 죽는 게 낫다는 생각을 했다.

그렇게 여러 날이 지난 뒤, 나는 프로비스를 만나러 감옥에 갔다. 그는 눈에 띄게 수척해져 있었다.

"많이 아프세요?"

"괜찮다, 얘야. 나는 아무런 불만도 없단다."

그는 살짝 웃었고, 내 손을 잡아 자기 가슴에 얹었다. 내가 말했다.

"아저씨께 꼭 드릴 말씀이 있어요. 제 말을 알아들을 수 있겠지요?"

그는 내 손을 부드럽게 그러쥐었다.

"아저씨한테 많이 사랑했지만 잃어버린 딸이 있다고 하셨죠?"

내 손을 쥔 그의 손에 힘이 들어갔다.

"그 아이를 알아요. 그 아이는 살아서 좋은 친구들을 만났어요. 지금도 물론 살아 있고요. 이제 어엿한 숙녀가 되어 있어요. 진짜진짜 아름다워요. 그리고…… 저는 그녀를 사랑한답니다."

그는 마지막으로 힘겹게 내 손을 자신의 입술에 대더니, 천천히 입을 맞췄다. 그의 가느다란 숨이 손등에 닿았다. 잠시 뒤 그는 고개를 조용히 가슴에 떨구었다.

나는 정말 혼자가 되었다. 그래서 나는 허버트와 같이 쓰던 집을 내놓았다. 사실 빚도 많고, 돈도 떨어져 사는 게 몹시 힘들었다.

그러다 보니 건강이 나빠지기 시작했다. 머리는 무거워지고 팔다리는 몹시 쑤셨다. 나는 병을 이겨 내야 한다는 의지도 힘도 없이 침대에 누워 지냈다. 그렇게 하루 이틀이 흘러갔다.

그런데 어느 날 아침, 침대에서 일어나 앉으려고 하는데 도저히 몸을 움직일 수가 없었다. 열이 나고 말할 수 없이 고통스러웠다. 나는 악몽을 꾸는 것처럼, 그렇게 꼬박 며칠을 앓으며 누워 있었다. 그런데 마치 누군가가 내 옆에 있는 것만 같았다. 꼭 조가 옆에 있는 것 같았다.

며칠이나 지났을까. 몸이 조금 나아진 나는 간신히 입을 떼었다.

"조인가요?"

그러자 귀에 익은 다정한 목소리가 들려왔다.

"응, 핍."

"정말 미안해요. 내게 화를 내요. 은혜도 모르는 놈이라고 욕해 줘요."

"사랑하는 핍! 우린 언제나 친구야. 네가 말을 할 수 있게 되어서 정말 기쁘다."

"그런데 어떻게 알고 왔어요?"

"네가 아프다는 소식을 편지로 받았어. 그걸 본 비디가 지체하지 말고 빨리 가라고 했지. 그래서 지금까지 널 돌본 거야. 네가 깨어나서 정말 다행이다."

나는 무슨 말이든 하고 싶어서 마른 입술을 달싹거렸다. 그런데 조가 내 말을 막았다. 조는 절대 안정을 취해야 한다고 했다. 그래서 나는 그의 손에 입을 맞추고 조용히 누워 있었다.

그사이 조는 비디에게 편지를 쓰는 것 같았다. 글은 분명히 비디가 가르쳐 주었을 것이다. 나는 이제 편지를 쓸 줄 아는 조가 무척 자랑스러웠다.

다음 날, 그는 내게 여러 소식들을 전해 주었다. 해비샴은 대부분의 재산을 에스텔라에게 남기고 죽었다고 했다. 그리고 매슈 포케트 씨에게는 정확히 사천 파운드를 남겨 주었는데, 그녀가 쓴 쪽지에 '핍이 그에 대해서 얘기한 것을 근거로'라는 내용이 있어서 그랬다고 했다. 그 소식은 나를 정말 기쁘게 했다. 내가 유일하게 잘한 일이기 때문이었다. 마지막으로 조는 올릭이 펌블추크 씨의 집에 침입했다가 잡혀서 감옥에 갔다고 말했다.

내 몸이 좋아지기 시작하자, 조는 나를 불편하게 여기는 것 같았다. 나를 '나리'라고 부르며 존칭을 쓰기 시작했다. 가슴이 아팠다. 과연 내가 이 상황에서 무슨 말을 할 수 있을 것인가? 내가 이제 변했다고 말해도, 조는 믿으려 하지 않을 것이었다. 아니, 나는 조에게 내 상태를 말하는 것이 수치스럽다고 생각했다.

또 사실을 말하면, 조는 분명 나를 도와주려고 할 것이었다. 나는 조에게 그렇게 고생을 시켜서는 안 되는 사람이었다.

어느 날 아침, 나는 몸이 가벼워진 걸 느끼며 침대에서 일어나 앉았다. 나는 곧장 조의 방으로 갔다. 그러나 그는 이미 가 버리고 없었다. 식탁에 편지 한 통이 놓여 있었다.

인사도 못 하고 떠난다. 너무 오래 있었던 것 같아. 이제 몸도 좋아졌고, 나 없이도 잘 지낼 수 있을 거야.

— 최고의 친구로부터

편지 옆에는 내 빚을 갚은 영수증이 놓여 있었다. 조가 내 빚의 일부를 갚아 준 것이었다.

이제 마지막으로 내가 해야 할 일은 대장간으로 가서 조에게 내 비밀을 털어놓는 것이었다. 그리고 그 앞에서 내 삶을 철저히 뉘우치는 것이었다. 그리고 비디에게 내가 어떻게 희망을 잃었는지를 말해 주고 싶었다. 또한 내가 불행했던 시절에 그녀가 나를 신뢰했던 사실을 상기시켜 주고 싶었다. 그러고는 이렇게 말하고 싶었다.

"비디, 한때 넌 나를 아주 좋아했잖아. 만약 네가 나를 그것의 반 정도만 다시 좋아해 주고, 허물이 많은 나를 다시 받아들여

준다면, 나…… 전보다는 좀 더 잘할게."

　사흘 뒤, 나는 마차를 타고 고향으로 내려갔다. 나는 여인숙에서 하룻밤을 묵은 다음 아침 일찍 대장간으로 걸어갔다.
　대장간은 닫혀 있었다. 사방이 고요했다. 하지만 집이 비어 있는 것 같지는 않았다. 열린 창문으로 바람에 나풀거리는 하얀 커튼과 화사한 꽃들이 보였다. 나는 그쪽으로 천천히 걸어갔다. 그때 다정하게 팔짱을 낀 조와 비디의 모습이 눈에 들어왔다.
　나는 그녀를 보고 놀랐고, 그녀도 나를 보고 놀랐다. 내가 놀란 이유는 그녀가 매우 밝고 화사해 보였기 때문이고, 그녀가 놀란 이유는 내 안색이 너무 초췌해 보였기 때문이다.
　"비디, 참 예쁘네!"
　"고마워, 핍."
　"조, 근사해요!"
　"그래, 내 친구 핍."
　나는 두 사람을 번갈아 바라보았다. 둘 사이에서 묘한 기류가 흐르는 것 같았다.
　비디가 행복에 겨워 소리쳤다.
　"오늘이 우리 결혼식 날이야. 나, 조하고 결혼해!"
　비디는 세상 그 어떤 여자보다 행복해 보였다.
　그들은 나를 보고 무척 반가워했다. 내가 우연히도 그들의 결혼식 날짜에 맞춰 왔기에 더욱 그랬다.

비디와 결혼하고 싶다는 생각을 조에게 얘기하지 않은 것이 얼마나 다행인지 몰랐다. 나는 그들에게 축하한다고 말했다. 그리고 그들이 나를 위해 베풀어 준 사랑에 감사하다는 말을 전했다. 내게 남은 마지막 진심이었다.

나는 그들에게 곧 외국에 갈 것이라고 말했다. 또한 조가 아니었으면 감옥에 들어갔을 텐데 빚을 갚아 줘서 고맙다는 말도 전했다. 그 돈을 갚을 때까지는 마음이 편하지 못할 거라는 말도 함께. 그리고 마음 깊이 간직해 두었던 그 말을 마침내 꺼냈다.

"두 분이 나한테 얼마나 잘해 주셨는지 충분히 알고 있어요. 감히 한 가지만 더 부탁하자면…… 나를 용서해 주세요."

조가 말했다.

"아, 사랑스러운 핍! 내 다정한 친구! 내가 널 용서했다는 것을 하나님은 잘 알고 계셔. 만약 용서할 게 있다면 말이야."

그러자 조용히 우리 대화를 듣고 있던 비디가 입을 열었다.

"그리고 내가 용서했다는 것도."

제 15 장

에스텔라를 위하여

나는 내가 가진 모든 재산을 처분했다. 그리고 그것으로 남아 있는 빚을 다 갚았다. 마침내 마음 편하게 영국을 떠날 수 있게 되었다.

나는 카이로에 있는 허버트에게 갔다. 그리고 여러 해가 지나서야 그 회사의 동업자가 되었다. 나는 허버트 부부와 함께 행복하게 지냈다. 가끔 조와 비디에게 소식을 전하는 것 빼고는 특별할 것 없는 일상이 계속되었다. 그렇게 십일 년이란 세월이 흘러갔다.

어느 해 12월, 나는 내 옛집을 찾아갔다. 저녁 무렵이었다. 조는 예전과 변함없이 부엌 난로 옆에 앉아 파이프 담배를 피우고 있었다. 건강해 보였지만 머리는 어느새 희끗희끗해져 있었다. 조 곁에는 어린 시절 내가 썼던 작은 의자에 앉아 불길을 바라보는 또 다른 '내'가 있었다. 나는 뭔가에 홀린 사람처럼 부엌 안으로 들어갔다.

"네 조카야. 이름을 핍이라고 지었어. 너처럼 잘 자랐으면 해서 말이야."

아이 옆에 앉은 내게 조가 말했다.

나는 그들과 함께 저녁을 먹었다. 비디는 나에게 어서 결혼하라고 했지만, 나는 지금이 그 어느 때보다 편하다고 말했다. 비디가 에스텔라 이야기를 꺼냈다.

"완전히 잊은 거야?"

"비디, 나는 내 삶에서 깊은 자리를 차지했던 건 쉽게 잊지 않아. 그 무엇도."

저녁을 먹고 나서 나는 해비샴이 살던 집으로 발길을 옮겼다. 나는 야만적이고 비열한 에스텔라의 남편이 에스텔라를 잔인하게 학대했으며, 그래서 그녀는 아주 불행한 삶을 살았다는 이야기를 들은 적이 있었다. 그러다가 남편과 헤어졌고, 결국 그 남편이 사고로 죽었다는 소식도 들었다.

저녁 무렵 그곳에 도착한 나는 조금 헛헛한 기분에 사로잡혔다. 그곳은 낡은 정원 담장 외에는 남아 있는 것이 하나도 없었다. 집도 없었고 양조장도 없었다. 어쩐 일인지 담장 문이 열려 있었다. 나는 문을 밀고 안으로 들어갔다.

나는 은은한 달빛을 받으며 정원을 거닐었다. 집과 양조장이 있던 터도 둘러보았다. 그 자리가 어딘지는 쉽게 찾을 수 있었다. 나는 그렇게 오랫동안 정원을 걷고 또 걸었다.

그때였다. 저 멀리서 한 여인이 나를 향해 걸어오고 있었다. 그 여인을 본 나는 소스라치게 놀랐다.

"에스텔라!"

"핍……, 날 알아보겠어? 많이 변했지?"

그녀의 말처럼 예전의 눈부시던 아름다움은 사라지고 없었지만, 말로 표현하기 힘든 그녀만의 매력은 고스란히 남아 있었다.

우리는 나란히 벤치에 앉았다. 내가 먼저 입을 열었다.

"에스텔라, 오랜 세월이 흐른 다음에 이렇게 다시 만나니까 기분이 참 묘해. 게다가 여긴 우리가 처음 만났던 곳이잖아! 이곳에 자주 와?"

"아니. 자주 오고 싶었지만 힘들었어. 정말 많이 변했네."

그리고 그녀는 잠시 아무 말이 없었다. 그녀의 두 눈에 맺힌 눈물이 달빛을 받아 반짝거렸다. 그녀는 내게 들키지 않게 눈물을 닦았다.

이번엔 에스텔라가 침묵을 깼다.

"이 땅은 내 거야. 내가 끝까지 포기하지 않은 건 이 땅뿐이지.

다른 것들은 하나둘 나를 떠나갔지만, 이 땅만큼은 포기할 수 없었어."

"여기에 다시 집을 지을 거야?"

"그래야겠지. 사실 이곳이 변하기 전에 마지막으로 작별 인사를 하려고 온 거야. 넌 아직도 외국에 살아?"

"응."

"잘 지내?"

"응, 잘 지내."

"가끔…… 네 생각을 했어. 최근에는 더 자주. 난 아주 오랫동안 힘들게 살았어. 그땐 내가 버린 것들의 가치를 몰랐거든. 근데 지금 생각해 보면 결코 버릴 수 없는 것들이었어."

"너는 언제나 내 마음속에 있어."

그리고 우리는 다시 깊은 고요 속으로 빠져들었다.

얼마나 지났을까. 에스텔라가 나지막한 목소리로 말했다.

"나도 여길 떠난다고 해서 너를 잊을 수 있을 거라 생각하진 않아. 그래도 이렇게나마 헤어지게 돼서 정말 기뻐."

"다시 헤어지는 게 기쁘다고? 나는 고통스러웠어. 난 아직도 우리가 이별하던 때만 떠올리면 가슴이 아픈데……."

"하지만 너는 헤어지면서 이렇게 말했잖아. '잘살아. 하나님이 너를 보호해 주시고 용서해 주시기를 빌게!' 그 말은 어떤 질책보다 날 아프게 했어. 그런데 이상하게도 고통을 겪고 나니까 네 마음이 이해가 되더라. 비록 내 삶은 구부러지고 꺾였지만, 그걸 통해 뭔가 깨닫게 됐어. 핍, 예전처럼 날 대해 줄 수 있겠니? 우린 여전히 친구라고 말해 줄 수 있어?"

나는 자리에서 일어났다. 그리고 그녀가 일어날 때 그녀 쪽으로 몸을 굽히며 말했다.

"우리는 친구야."

에스텔라가 물었다.

"멀리 떨어져 있어도 우린 친구지?"

나는 대답 대신 그녀의 손을 살포시 그러쥐었다.

우리는 폐허가 되어 버린 그곳을 빠져나왔다. 적막한 들판 위로 스멀스멀 안개가 피어오르고 있었다. 오래전 집을 떠나던 그날의 아침처럼. 나는 안개 속에서 흔들리는 에스텔라의 얼굴을 오래도록 바라보았다.

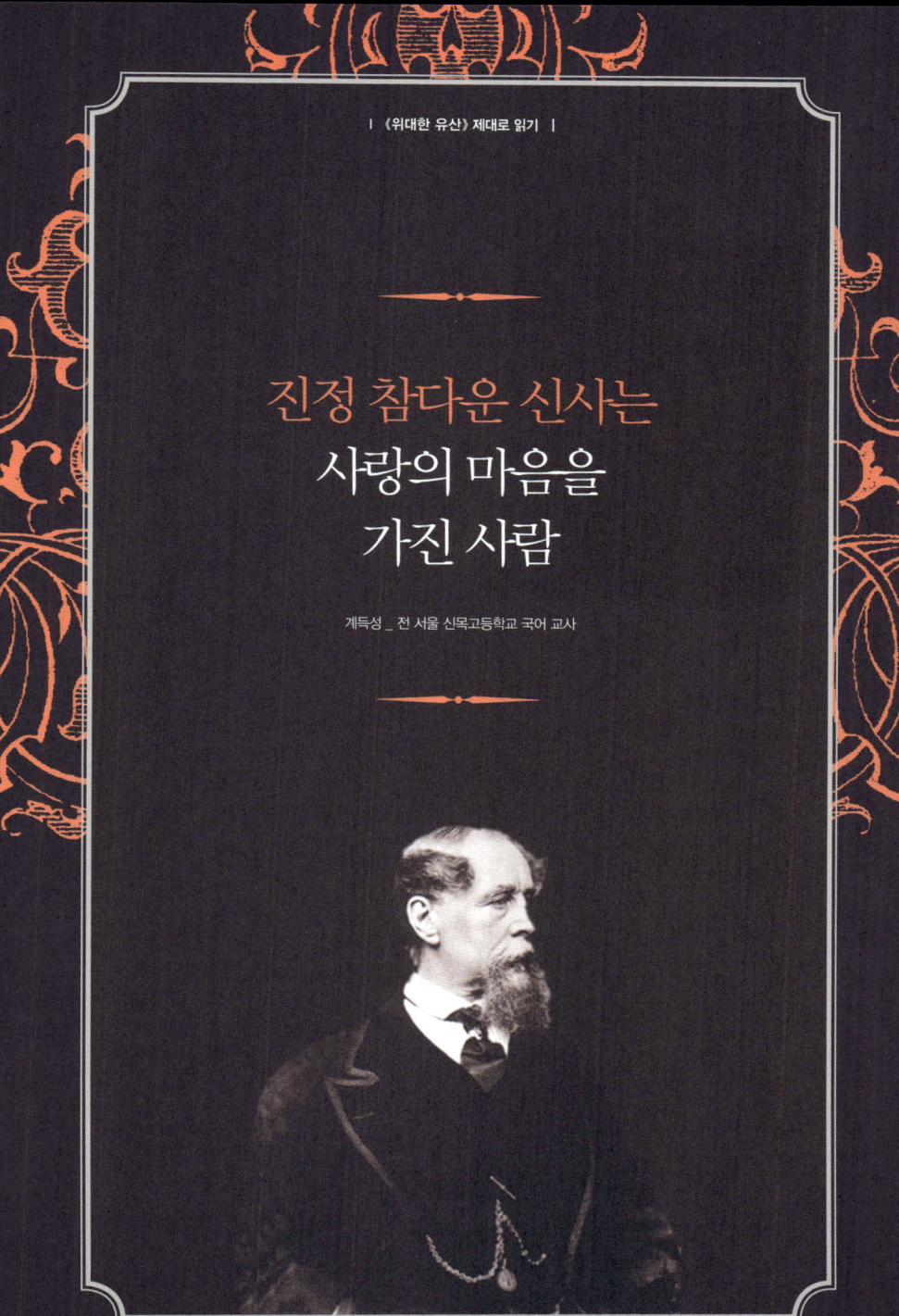

진정 참다운 신사는
사랑의 마음을
가진 사람

계득성 _ 전 서울 신목고등학교 국어 교사

인간의 욕망이 투영된 거울 같은 소설

찰스 디킨스의 청년 시절

찰스 디킨스의 《위대한 유산》은 1860년 부터 이듬해까지 잡지 《일 년 내내》에 연재한 뒤 단행본으로 출간한 작품이다. '핍'이라는 어린 주인공의 성장 이야기를 중심으로 전개되는 이 작품은, 찰스 디킨스 자신의 삶을 고스란히 투영시킨 자전적 소설이라고 할 수 있다.

'신사'가 되려는 욕망으로 가득 찬 핍의 모습을 통해, 우리는 불행한 성장기를 거친 디킨스의 과거를 엿볼 수 있다. 또한 결말 부분에서 드러나는 핍의 변화된 내면은 훗날 작가가 삶을 어떤 시선으로 바라보았는지 느끼게 해 준다.

그렇다면 19세기 영국 사회의 인간 전형이라 할 수 있는 핍이 21세기의 한국을 사는 우리에게 던지는 메시지는 무엇일까? 비록 시대와 장소는 동떨어져 있지만 인간 내면 깊숙이 숨어 있는 욕망은 그때나 지금이나, 영국이나 우리나라나 크게 다르지 않은지도 모른다. 《위대한 유산》은 그런 인간의 고유한 본질을 섬세하게 건드리고 있으며, 그것이 바로 이 작품이 두 세기나 지난 지금까지도 많은 이들의 공감을 불러일으키는 이유일 것이다.

《위대한 유산》은 찰스 디킨스의 진면목을 여실히 보여 주는 작품이다. 당시 영국 사회가 직면한 문제점들을 날카롭게 지적하면서도, 인간과 사회에 대한 애정 어린 시선을 시종일관 유지하고 있기 때문이다. 디킨스가 주목하고 있던 문제들(산업 사회의 발달에 따른 비인간화, 무너져 가는 가정, 부와 명예에 대한 집착 등)은

21세기를 살고 있는 우리와도 밀접한 관련을 맺고 있는 것들이다. 작가가 창조한 또 다른 세계 속으로 들어가 핍의 성장을 가만히 지켜보다 보면, 먼 과거의 인물들과 이 시대를 사는 우리의 모습이 그닥 다르지 않다는 걸 느낄 수 있을 것이다.

풍요의 시대, 혹은 상실의 시대

찰스 디킨스가 살던 19세기는 《위대한 유산》의 시대적인 배경이기도 하다. 가히 '영국의 시대'라 불릴 만큼 비약적인 발전을 이룬 시기다. 18세기 중반에 일어난 산업혁명이라는 거대한 파도는 19세기 영국 사회를 통째로 뒤흔들었다. 이는 영국이 '세계의 공장', '해가 지지 않는 나라'로 군림하는 밑바탕이 되었다. 영국은 세계 인구의 1/4, 대륙의 1/5을 통치하는, 그야말로 황금시대를 누리고 있었다.

영화, 《위대한 유산》과 만나다!

1946년 _ 영국

감독 : 데이비드 린 | 출연 : 발레리 홉슨, 존 밀스, 프랜시스 L. 설리번, 알렉 기네스

〈닥터 지바고〉, 〈아라비아의 로렌스〉 등으로 우리에게 잘 알려진 데이비드 린 감독의 흑백 영화. 영화 첫머리에 책 《위대한 유산》을 펼치는 장면을 등장시킬 만큼, 원작이 지닌 의미를 충실히 담아내고자 노력했다. 그 결과, 소설의 감동을 완벽하게 살려 냈다는 평가와 함께 문학 작품을 영화화한 것 가운데 가장 뛰어나다는 극찬을 받기도 했다. 이야기는 사건들을 위주로 전개되며, 반전에 반전을 거듭하는 추리극적인 성격이 강하다. 개봉 당시, 첫 장면인 교회 묘지의 어둡고 음산한 분위기 때문에 극장을 찾은 관객들은 무서움에 떨어야 했다고.

1946년에 제작된 〈위대한 유산〉의 포스터와 영화 장면. 이후 연극과 TV 드라마로도 만들어져 많은 사랑을 받았다.

1998년 _ 미국

감독 : 알폰소 쿠아론 | 출연 : 기네스 펠트로, 에단 호크, 로버트 드 니로

미국의 대형 영화사 '20세기 폭스'에서 제작한 영화로, 멕시코 출신의 알폰소 쿠아론 감독이 메가폰을 잡았다. 데이비드 린의 〈위대한 유산〉과는 달리, 시대와 배경을 오늘날의 미국으로 옮겨 와 새롭게 리메이크했다. 주인공 핀(원작의 핍)이 신사가 아닌 화가의 꿈을 지녔다는 점에서 원작과 다르다. 에단 호크와 기네스 펠트로의 매력이 한껏 돋보이는 작품으로, 두 배우의 로맨틱한 키스 장면은 오랫동안 많은 이들의 입에 오르내렸다.

미국에서 제작한 〈위대한 유산〉(1998). 핀과 에스텔라의 사랑 이야기를 감각적인 영상으로 그려냈다.

산업혁명은 그 전까지의 인류 문명과는 질적으로 다른 문명을 만들어 냈다. 단순히 생산량이 증가하고 이동 거리가 늘어난 정도가 아니었다. 전혀 새로운 방식으로 대량 생산을 하게 되었고, 그와 더불어 대량 소비가 이루어졌으며, 지구 구석구석을 누빌 수 있게 되었던 것이다. 그 선봉에는 영국이라는 나라가 우뚝 서 있었으며, 영국의 핵심부가 바로 런던이었다.

사람들의 삶은 송두리째 바뀌었다. 산업화에 따라 생산력이 고도로 발달하면서 경제뿐 아니라 정치, 사회, 문화, 도덕, 가정 등 생활 전반에 큰 변화가 일어난 것이다. 변화의 속도는 엄청나게 빨랐다. 그러나 모든 것이 완벽하지는 않았다. 빈부 격차, 물질 만능주의, 인간성 상실 등 자본주의가 자리를 잡으면서 불거진 문제들도 빠르게 퍼져 나가기 시작했다.

손쉽게 엄청난 부를 축적하는 자본가들이 있는가 하면, 끼니를 때우지 못해 빵을 훔쳐야 하는 사람들도 생겨났다. 농촌의 인구가 대거 도시로 밀려들어 빈민층을 형성했고, 몰락한 귀족보다 자본가가 더 막강한 힘을 갖게 되면서 점차 자본주의적인 사고방식이 사회를 지배하게 되었다.

그 결과 젊은이들은 돈과 명예를 최고의 가치로 여겼으며, 속물적인 출세주의에 점점 더 빠져들었다. 무엇보다 중요하게 여겼던 가족, 사랑, 도덕 등의 가치는 거추장스럽고, 심지어 혐오스러운 것으로까지 치부되기 시작했다.

영국 빅토리아 여왕(재위 1837~1901)의 초상화. 16세기 엘리자베스 시대와 더불어 영국의 가장 화려했던 19세기를 이끌었다.

대장장이 소년, 신사를 꿈꾸다

주인공 핍은 조 가저리라는 시골 대장장이와 결혼한 누나 집에 얹혀산다. 부모님이 일찍 돌아가셨기 때문이다. 성격이 그악스러운 누나는 구박을 일삼았으나, 착한 마음씨를 지닌 매형 조만큼은 핍을 따뜻하게 보살펴 주었다.

어느 날, 교회 묘지 근처에서 탈옥수에게 붙잡히게 된 핍은 어쩔 수 없이 그의 탈출을 도와주게 된다. 그러나 탈옥수는 결국 경찰에 붙잡히고 만다.

핍은 해비샴이라는 노처녀로부터 말동무가 되어 달라는 부탁을 받고 그녀의 오래된 저택을 드나들기 시작한다. 해비샴의 저택은 곰팡이와 먼지투성이인 데다 햇빛을 차단해 놓아 늘 어두컴컴했다. 결혼식을 코앞에 두고 사랑하는 남자에게 배신 당한 과거를 갖고 있는 그녀는, 모든 것을 결혼식 한 시간 전의 상태로 멈춰 놓고 오랜 세월을 살아왔던 것이다.

해비샴은 에스텔라라는 소녀를 양녀로 들여 함께 살고 있었다. 에스텔라는 남에게 상처 주는 것을 즐기는 소녀였다. 평생 과거의 상처를 간직하며 살고 있는 해비샴이 자신의 한을 풀기 위해 에스텔라를 그런 성격으로 키운 것이었다. 핍은 냉정한 에스텔라의 태도에 매번 상처를 입으면서도, 그녀에게 서서히 마음을 빼앗기기 시작한다.

시간이 흘러 에스텔라는 유학길에 오르고, 핍도 해비샴의 집에 가는 일을 그만두게 된다. 핍은 대장간 일을 배우며 비디라는 속 깊은 소녀와 친하게 지내기도 하지만, 신사가 되고 싶다는 욕망을 차마 누르지 못한다. 그 무렵, 핍의 누나는 괴한의 공격을 받아 반신불수가 되어 오랫동안 앓다가 결국 죽게 된다. 누이를 다치게 한 사람은 조 밑에서 일하던 올릭이라는 사내였다.

어느 날 런던에서 변호사로 일하는 재거스라는 남자가 핍을 찾아온다. 그는 익명의 후견인이 핍을 신사로 키우기 위해 후원하기로 했다는 소식을 전한다. 핍은 그 익명의 후견인이 해비샴이라고 믿는다. 신

연극 〈위대한 유산〉의 한 장면. 십일 년 만에 고향을 찾은 핍이 자신의 자리에 앉아 있는 조카 '핍'을 바라보고 있다.

사 수업을 받으러 런던으로 떠난 핍은 여전히 자신의 출신을 부끄러워한 나머지, 매형 조가 찾아왔을 때도 서먹하게 대한다.

상류층 자녀들과 어울리면서 핍의 씀씀이는 점점 커져만 간다. 결국 많은 빚을 지게 된 핍은 고향에서 대장간 일을 하며 지냈던 때가 더 행복했던 게 아닐까, 하는 생각을 갖게 된다.

한편 해비샴은 에스텔라를 런던으로 보내 핍과 다시 만나게 한다. 핍은 에스텔라에게 자신의 마음을 고백하지만, 사랑할 줄 모르는 냉정한 인간으로 자란 에스텔라는 핍에게 상처만 주고 드러믈이라는 속물적인 남자와 결혼한다. 그리고 얼마 뒤, 해비샴은 상처투성이 삶을 접고 세상을 떠난다.

스물세 살이 되어서야 핍은 자신의 진짜 후견인을 만난다. 후견인은 핍이 짐작했던 해비샴이 아니라, 그가 과거에 탈출을 도왔던 탈옥수 프로비스였다. 호주로 추방된 뒤 그 곳에서 돈을 번 프로비스가 예전에 자신을 도와주었던 핍에게 은혜를 갚기 위해 후견인을 자청했던 것.

그는 가난 때문에 범죄를 저지를 수밖에 없었던 자신의 불우한 과거를 생각하며, 가난한 핍을 근사한 신사로 키우기로 결심

물 위에 떠 있는 또 다른 세상, 감옥선

감옥선의 외부 모습(위)과 감옥선의 내부 모습(아래)

당시 런던의 급격한 성장 이면에는 '빈민층의 양산'이라는 어두운 그림자가 짙게 깔려 있었다. 또한 빈민층의 삶이 비참해질수록 도시 범죄도 나날이 늘어 갔다. 런던 거리는 걸인과 창녀들로 넘쳐났으며, 후미진 골목마다 날치기와 도둑들이 들끓었다. 정치인들의 눈에 그들은 런던의 영광을 더럽히는 한낱 인간 쓰레기에 불과했다.

그래서 영국 정부는 범죄자들을 식민지로 보내 노동으로 죗값을 치르게 하는 노역형을 만들었는데, 그 표적이 된 곳은 단연 신세계 '아메리카'였다. 그러나 미국 독립 전쟁이 일어나면서 영국의 계획도 큰 차질을 빚었다. 죄수들을 가득 싣고 출항만을 기다리던 배가 하루아침에 거대한 감옥으로 변하고 만 것이다. 그런 혼란스러운 상황에서 나온 고육지책이 바로 '감옥선 법'이다.

원래 감옥선 법은 인도와의 교역선인 '저스티시아호'에 이 년 동안만 죄수들을 실을 수 있도록 인정한 한시적인 법안이었다. 그러나 정부가 폐선을 개조해 감옥으로 이용할 수 있게 함으로써, 저스티시아호는 이후 팔십 년에 걸쳐 존속하게 된 감옥선의 모태가 되었다.

감옥선 안의 생활은 이루 말할 수 없이 처참했다. 간수들은 시도 때도 없이 폭력을 휘둘렀으며, 하루가 멀다 하고 각종 전염병이 나돌았다. 실제로 최초의 감옥선 저스티시아 호에서는, 이 년간 죄수 삼백육십 명 가운데 백칠십육 명이 병사했다고 전해진다. 그러나 아이러니하게도 감옥선 밖의 상황은 전혀 달랐다. 템즈 강 하류나 포츠머스 앞바다에 정박된 감옥선의 흉물스러운 모습은 이내 영국의 명물이 되었고, 심지어 관광객들을 위한 '감옥선 투어'까지 생겨났다.

윌리엄 터너 작, 《타마르의 감옥선》(1812)

했던 것이다. 핍은 자신의 후견인이 탈옥수라는 사실을 알고 혼란에 빠지지만, 곧 프로비스에게 연민을 느끼고 그를 돕기로 마음먹는다. 그러나 해외로 도피하려던 프로비스가 체포되면서 핍의 막대한 유산도 국가에 압수당하게 된다.

이 과정에서 핍은, 에스텔라가 프로비스와 살인죄를 저지른 여죄수 사이에서 태어난 딸이라는 사실을 알게 된다. 핍은 사형을 앞둔 프로비스에게 에스텔라의 존재를 알리고, 자신이 그녀를 사랑하고 있다는 마지막 메시지를 전한다.

프로비스가 죽은 뒤 빈털터리가 된 핍은 병까지 얻어 비참한 나날을 보낸다. 그러던 어느 날, 조가 병상에 누워 있는 핍을 찾아와 극진히 보살펴 준다. 변함없이 핍을 사랑하는 조는 핍의 남은 빚까지 일부 갚아 주고, 핍은 그런 조를 보면서 지나온 자신의 삶을 뼈아프게 뉘우친다. 조는 죽기 전까지 아내를 돌봐 주었던 비디와 결혼하고, 친구 허버트를 따라 외국으로 간 핍은 무역업으로 성공을 거둔다.

십일 년 뒤, 고향을 찾은 핍은 행복하게 살아가는 매형 부부와 그들 사이에서 태어난 조카 '핍'을 만난다. 그리고 폐허가 된 해비샴의 저택에서 에스텔라와 해후한다. 둘은 영원한 친구이길 약속하며 손을 잡고 폐허를 나선다.

신사는 어떤 사람인가?

핍은 신사가 되고 싶다는 욕망으로 가득 차 있었다. 그래서 자신을 사랑으로 길러 준 매형 조를 버리고 런던으로 떠나 속물적인 무리에 끼어 기꺼이 속물이 되고자 했다. 오직 신사가 되겠다는 일념 하나만으로.

본래 '신사(Gentleman)'라는 단어는 '순수한 혈통을 가진 사람'을 뜻한다. 그러나 시간이 지나면서 '점잖다', 혹은 '친절하다'라는 의미로 받아들여졌다. 봉건 시대에 '젠트리(Gentry)'는 귀족 가운데서 재산을 상속받지 못한 아들과 친척들을 일컫는 말이었다.

젠트리는 비록 귀족의 작위는 없을지라도 상류층의 생활 방식과 품위를 유지하며 살았다. 중세 기사들의 폭력적인 태도와 무례함을 일깨우기 위해 '기사도'라는 것이 생겨났다고 하는데, 중세가 몰락하면서 이 개념이 '신사도'로 이어졌다고도 한다.

어쨌든 봉건 사회가 무너지면서 신사의 범위는 부농, 상공업자, 전문 직업인 등 부유한 중간 계층까지 확대되었으며, 산업혁명이 일어나자 자본가들마저 합세하게 되었다. 19세기에 들어서면서는 하층민이라도 돈을 벌어 부유해지기만 하면 신사가 될 수 있었다.

결국 신사는 재산이 넉넉해 굳이 일하지 않아도 되고, 사람들로부터 존경받을 만한 품위를 지닌 사람을 지칭하는 말로 바뀌었다. 다시 말해 육체적인 노동을 하지 않으며, 지적·도덕적으로 높은 수준을 갖춘 사람이라고 할 수 있다.

참다운 신사가 되기까지

핍은 오직 신사가 되고 싶었을 뿐이다. 천하고 가난한 대장장이의 삶이 아니라 여유롭고 멋진 인생을 살고 싶었다. 해비샴이 살던 새티스 하우스를 드나들면서, 그리고 에스텔라를 동경의 대상으로 삼으면서, 신사가 되겠다는 욕망만이 그의 삶의 전부가 되어 버렸다. 하지만 핍에게 주어진 현실은 너무나 초라했다.

그런 핍에게 행운은 마치 새옹지마처럼 찾아왔다. 겁에 질려 얼결에 도와주었던 탈옥수 프로비스가 후견인이 되어 그를 신사의 길로 안내했으니까. 핍은 이 뜻하지 않은 행운을 덥석 받아들인다. 핍의 수호천사였던 조는 한순간에 연민과 혐오의 대상으로 바뀌고 만다.

어린 핍이 신사가 되어 가는 과정에서, 우리는 신사에 대한 작

불빛이 꺼지지 않는 세계의 공장

"동인도와 무역을 해서 비단, 원료, 단단한 송판 등을 수입해 올 거야."
"서인도와도 설탕, 담배, 포도주 등을 거래할 거야."

작품 안에서 앞으로의 계획을 묻는 핍의 질문에 허버트는 이렇게 대답한다. 그렇다면 당시 영국의 무역업은 어떤 수준이었을까?

산업혁명이 끝난 19세기 중엽, 영국은 명실상부한 '세계의 공장'으로서 압도적인 공업 생산력을 가지고 있었다. 당시 영국의 주요 산업 생산이 세계 총생산에서 차지한 비중을 살펴보면, 석탄 2/3, 철 1/2, 면포 1/2에 달할 만큼 어마어마했다. 이러한 압도적인 공업 생산력을 바탕으로 영국의 해외 무역은 급속도로 성장했다.

한편 지역별 무역 구조도 크게 변화했다. 18세기 중엽까지만 해도 지역별로 유럽에 국한되어 있던 영국의 무역 구조는, 1800년에 아메리카 대륙(미국, 캐나다, 서인도 제도)과 기타 식민지로 그 범위가 확대되었다. 이러한 경향은 19세기에 들어서면서 더욱 가속화되어, 1850년에는 유럽 지역보다도 유럽 이외의 지역이 더 큰 비중을 차지하게 되었다.

19세기 런던의 모습. 하늘로 치솟은 공장 굴뚝과 도시를 가로지르는 철도는 영국 번영의 상징이었다.

가의 관점을 엿볼 수 있다. 봉건 시대의 신사는 출신 자체가 귀족이거나, 재산을 상속받아 부유한 사람들이었다. 그 때문에 속내를 들여다보면 당시의 신사들은 평생 족보나 들여다보며 사교로 세월을 보내는 무능력한 사람들이 대부분이었다. 우리는 해비샵의 이복 동생과 허버트에게서 신사의 부정적인 모습을 찾아볼 수 있다.

게다가 새롭게 등장한 근대 사회의 신사는 돈을 벌기 위해 사기를 치고 권모술수를 쓰기까지 한다. 콤페이슨, 드러믈 등이 바로 그러한 신사를 대표하는 인물들이다. 작가 디킨스는 이런 신사는 결코 참다운 신사가 아니라고 역설하고 있다.

신사가 되기 위해 사교계에서 방황하던 핍은 바로 이 두 가지의 시행착오를 모두 겪고 나서야 참다운 신사가 되는 길을 찾게된다. 척박한 환경에서 자란 핍은 익명의 후원자가 물려주는 유산만으로도 신사가 될 수 있을 거라고 믿었지만, 유산은 신사가되는 충분 조건이 되지는 못했다.

핍이 진정한 신사로 거듭나는 계기는 프로비스에게서 '사랑'이라는 인간 본질을 발견하면서부터이다. 재판을 받는 프로비스를 지켜보며 핍은 속물적인 신사의 껍데기를 벗고 참다운 신사로 다시 태어난다. 즉, 막대한 유산을 포기하고 진실한 사랑을 깨달으면서 비로소 진정한 신사가 된 것이다.

그리고 마침내 핍이 다다른 곳은 마음의 고향, 매형 조였다. 조는 따뜻한 가족이며, 사랑을 몸소 실천하는 인간이다. 십여 년 뒤 사업가로 성공한 핍이 새티스 하우스에서 우연히 에스텔라와 마주쳤을 때, 핍의 모습은 누가 보더라도 신사임에 틀림없었다. 그는 자신의 의지로 신사가 되었던 것이다. 이것이 바로 디킨스가 역설하는 '참다운 신사'의 모습이다.

사교 문화의 꽃, 클럽

당시 커피 하우스 앞 풍경을 스케치한 그림

클럽의 어원은 서클을 뜻하는 라틴어 'circus'에서 유래되었다. 오늘날에는 '같은 목적을 가진 사람들이 일정한 규칙 아래 모인 모임' 정도로 쓰이고 있다.

영국의 클럽 문화는 엘리자베스 여왕(재위 1558~1603) 때부터 시작되었다. 가장 먼저 문을 연 클럽은 당대 신사의 전형으로 명성이 자자했던 라리 경(1552년경~1618, 군인·문인)이 만든 '프라이데이 스트리트 클럽'. 매월 첫째 주 금요일마다 모임을 가진 그 클럽의 멤버는 주로 극작가들로서, 셰익스피어도 포함되어 있었다고 한다.

여인숙(Inn)이나 커피 하우스의 개념에서 발전된 클럽은, 시간이 지나면서 차차 나름의 체계를 갖춰 나갔다. 대부분의 클럽은 독서실과 도서실, 티룸, 흡연실, 포커실 등을 갖추고 있었으며, 담화실과 회의실, 식당은 특별히 신경을 써서 꾸몄다. 클럽의 멤버는 모두 남성이었지만, 특별한 날에 한해 여성을 초대하기도 했다.

영국의 18세기는 클럽의 세기라 해도 될 만큼 많은 클럽들이 생겨난 시기이다. 스포츠 클럽, 장미 클럽, 원예 클럽을 비롯해 장교 출신들의 클럽, '오리엔트 클럽(동인도 회사원과 그 출신들)', '트래블 클럽(런던에서 팔백 킬로미터 이상 떨어진 곳을 여행한 사람들)' 등 다양한 종류의 클럽들이 생겨났다. 그 밖에 특이한 클럽들도 많았는데, '패트만 클럽'의 경우 뚱보만 회원이 될 수 있었다고 한다.

1828년 영국 서부 글로스터의 한 클럽 앞 풍경

한 인터넷 사이트의 친목 클럽. 온라인 상에서 이루어지는 오늘날의 클럽에서는 다양한 사람들이 모여 정보를 주고받는다.

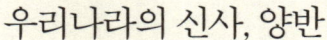

우리나라의 신사, 양반

우리에게도 영국의 신사와 비슷한 개념이 있다. 바로 '양반'이다. "저 사람은 양반이야.", "그래도 점잖은 양반 체면에……." 이런 표현들 속에 양반이란 말은 '점잖은 사람, 형편이 좋은 사람'이라는 의미가 담겨 있다. 그렇다면 우리 소설 속에서 등장하는 양반은 과연 어떤 모습일까?

건륭(乾隆) 10년(영조 21년 1745년) 9월 모일. 이 증서는 양반을 팔아서 환곡을 갚은 것으로 그 값은 천 석이다. 양반은 여러 가지로 일컬어지나니, 글을 읽으면 선비(士)라 하고, 정치에 나아가면 대부(大夫)가 되고, 덕이 있으면 군자(君子)다. 무반(武班)은 서쪽에 늘어서고, 문반(文班)은 동쪽에 늘어서는데, 이것이 '양반'이니 너 좋을 대로 따를 것이다.

야비한 일을 딱 끊고, 옛것을 본받고, 뜻을 고상하게 할 것이며, 늘 오경(五更, 3시~5시)만 되면 일어나 황에다 불을 당겨 등잔을 켜고서 눈은 가만히 코끝을 보고 발꿈치를 궁둥이에 모으고 앉아 《동래박의(東萊博義)》(중국의 여조겸(呂祖謙)이 쓴 일종의 역사 비평집) 외우기를 마치 얼음 위에 표주박 굴리듯 술술 읽어야 한다. 굶주림을 참고 추위를 견뎌야 하며, 가난을 입에 담지 말며, 할 일 없이 앉아 있을 적에는 아래위의 윗줄을 딱딱거리며, 뒤통수를 톡톡 치고 잔기침을 하며, 입을 다셔 침을 삼켜야 하느니라. 탕건이나 갓은 소맷자락으로 모자를 쓸어서 먼지를 털어 물결무늬가 생겨나게 하고, 세수할 때 주먹을 비비지 말고, 양치질해서 입내를 내지 말고, 소

연암 박지원(1737~1805)

리를 길게 뽑아서 여종을 부르며, 걸음을 느릿느릿 옮겨 신발을 땅에 끈다. 그리고 《고문진보(古文眞寶)》(중국의 황견(黃堅)이 편찬한 시문집), 《당시품휘(唐詩品彙)》(중국의 고병(高棅)이 편찬한 시집)를 깨알같이 베껴 쓰되 한 줄에 백 개의 글자를 쓰며, 손에 돈을 만지지 말고, 쌀값을 묻지 말고, 더워도 버선을 벗지 말고, 밥을 먹을 때 맨상투로 밥상에 앉지 말고, 국을 먼저 훌쩍 떠먹지 말고, 무엇을 후루루 마시지 말고, 젓가락으로 방아를 찧지 말고, 생파를 먹지 말

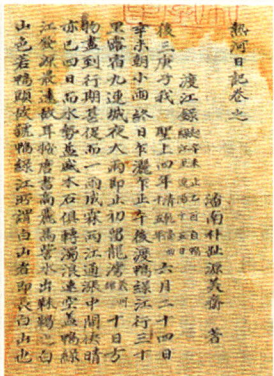

박지원의 중국 기행문집 《열하일기》

고, 막걸리를 마신 다음 수염을 쭈욱 빨지 말고, 담배를 피울 때 볼에 우물이 파이게 하지 말고, 화난다고 처를 두들기지 말고, 성내서 그릇을 내던지지 말고, 아이들에게 주먹질을 말고, 노복들을 야단쳐 죽이지 말고, 마소를 꾸짖되 그 판 주인까지 욕하지 말고, 아파도 무당을 부르지 말고, 제사 지낼 때 중을 청해다가 재(齋)를 드리지 말고, 추워도 화로에서 불을 쬐지 말고, 말할 때 이 사이로 침을 흘리지 말고, 소 잡는 일을 하지 말고, 돈을 가지고 놀음을 하지 말 것이다. 이와 같은 모든 양반 품행에 어긋남이 있으면 이 증서를 가지고 관에 나와서 마땅히 송사를 할 것이다.

연암 박지원이 쓴 《양반전》의 한 대목이다. 영국과 마찬가지로 조선 시대에도 새로 등장한 부유한 농민과 상인층이 양반이 되고자 하여 이런 일이 벌어지기도 했던 모양이다.

한 부자가 양반 계급을 돈으로 사려 하자 군수가 증서를 적어 준다. 증서엔 양반이 지켜야 할 도리가 적혀 있는데, 실상 내용을

우리나라 탈춤에 중요 인물로 등장하는 말뚝이. 양반들의
위선과 무능을 고발하는 역할을 담당한다.

들여다보면 양반은 무위도식(無爲徒食)하며 공허한 관념과 겉치레에 얽매인 비생산적 계층임을 드러내고 있다. 그리하여 부자가 다시 증서를 써 달라 하니, 군수가 적어 준 두 번째 증서는 다음과 같다.

하늘이 민(民)을 낳을 때 민을 넷으로 구분했다. 사민(四民) 가운데 가장 높은 것이 사(士)이니 이것이 곧 양반이다. 양반의 이익은 막대하니 농사도 안 짓고 장사도 않고 약간 문사(文史)를 섭렵해 가지고 크게는 문과 급제요, 작게는 진사가 되는 것이다. 문과의 홍패(紅牌, 문과 과거 합격증. 붉은 글씨로 쓴 데서 유래)는 길이가 두자 남짓한 것이지만 백물이 구비되어 있어 그야말로 돈자루인 것이다. 진사가 나이 서른에 처음 관직에 나가더라도 오히려 이름 있는 음관(蔭官, 조상의 음덕으로 얻은 벼슬)이 되고, 잘되면 남행(南行, 과거에 의하지 않고 문벌을 따라 벼슬을 내림)으로 큰 고을을 맡게 되어, 귀밑이 일산(日傘, 감사나 수령들이 부임할 때 받던 우산 모양의 의장)의 바람에 희어지고, 배가 요령 소리에 커지며 방에서 기생이 귀고리로 단장하고, 뜰에는 학(鶴)을 기른다. 궁한 양반이 시골에 묻혀 있어도 능히 이웃의 소를 끌어다 먼저 자기 땅을 갈고 마을의 일꾼을 잡아다 자기 논의 김을 맨들 누가 감히 나를 괄시하랴. 너희들 코에 잿물을 들이붓고 머리끄댕이를 회회 돌리고 수염을 낚아채더라도 가히 원망하지 못할 것이다.

두 번째 문서를 본 부자는 더욱 질색을 하면서 "나에게 도둑놈이 되라는 말이냐!" 소리치곤 돌아간다. 이 증서에는 양반이란 자신의 이익만을 취하며 부당한 특권을 남용하여 백성들을 착취하는 사람으로 드러나 있다.

하지만 이것은 본래 양반의 의미가 변질된 것을 꼬집고 있는 것이다. 양반은 곧 '선비'를 가리키는 말이었는데, 선비는 '학식이 있고, 어질고 순한 사람'이란 뜻을 가지고 있다. 선비는 죽음을 무릅쓰고 옳은 말을 서슴지 않았으며, 나라가 위태로우면 의병을 일으켜 외적과 싸웠다. 옳은 일을 위해선 "벼락이 떨어지고 목에 칼이 들어와도 서슴지 않는" 대쪽 같은 절개를 가지고 있었다.

이런 지조, 충의, 안빈낙도(安貧樂道) 등이 참다운 양반, 곧 선비의 도덕적인 덕목이었다. 재물과 벼슬에 욕심을 두지 않고, 오직 학문과 수양에 힘쓰며, 불의에 항거하고, 지조를 꺾지 않는 사람이 바로 참다운 양반의 모습인 것이다.

신사로 살기 위하여

현대를 살고 있는 우리는 어떻게 하면 신사가 될 수 있을까? 현대의 신사는 디킨스가 말하는 19세기 영국의 신사와 크게 다르지 않다. 왜냐하면 현재의 한국 사회가 그 시대의 영국 사회와 크게 다르지 않기 때문이다. 적어도 물신 숭배, 빈부 격차, 인간성 상실이라는 측면에서는 그렇다. 따라서 이 시대가 바라는 신사 역시 스스로 노력하며, 도덕적인 덕목을 갖추고 있는 사람이라고 말할 수 있을 것이다.

그런데 지금도 진정한 신사가 되려는 사람보다는 속물적인 신

We love Dickens! 영국의 찰스 디킨스 축제

디킨스는 셰익스피어와 더불어 영국 사람들에게 가장 사랑받는 작가이다. 그래서 해마다 영국 각지에서는 그의 업적을 기리는 크고 작은 축제들이 많이 열리는데, 그 가운데서도 특히 브로드스테어(Broadstairs)의 '디킨스 페스티벌'이 유명하다. 브로드스테어는 켄트 지역에 위치한 작은 해변 마을로, 디킨스가 여름 별장에 머물며 《데이비드 코퍼필드》를 집필한 곳으로 잘 알려져 있다. 매년 6월에 열리는 이 축제는 빅토리아 시대 의상을 차려입은 마을 사람들의 거리 행진으로 시작된다. 축제 기간 동안 디킨스 박물관에서는 그의 작품을 바탕으로 한 공연들이 무대에 오르며, 불꽃놀이와 전통적인 방식의 크리켓 경기 등 다양한 행사도 펼쳐진다.

디킨스가 머문 브로드스테어의 여름 별장

축제의 시작을 알리는 거리 행진 모습

빅토리아 시대의 복장을 한 마을 사람들

사가 되려는 사람들이 더 많은 게 사실이다. 이른바 '출세 지상주의' 때문이다. 좋은 학벌을 갖추고, 편한 직업을 얻고, 돈을 많이 벌거나 높은 지위에 오르는 것이 우리 시대가 요구하는 주요 덕목 아니던가? 내면을 가꾸기보다는 겉모습을 치장하는 데 급급해 하는 것이 현재 우리들의 모습이 아니던가?

물론 현대 사회가 19세기와 비교할 수 없을 만큼 복잡해진 했다. 그리하여 개인의 의지와 노력이 사회라는 높은 벽에 부딪혀 산산조각 나는 경우가 많아진 것도 부인할 수 없다.

초등학교에 입학하면서 우리는 이미 무한 경쟁의 그물망에 발을 들여놓는다. 그리고 경쟁이 주는 피로와 긴장감은 죽을 때까지 이어진다. 경쟁의 대열에서 살아남기 위해 우리는 이미 신사이기를 포기했는지도 모른다. '신사의 도'는 사회적 명분, 그 이상도 이하도 아닌 것이 되어 버렸다. 단지 명분으로써의 신사가 아닌, 참다운 신사가 우리 시대의 이상적인 인간형이 되기를 바라면서 다음 글을 소개한다.

현대가 요구하는 선비는 대중을 무시하는 고고형(孤高型)이 아니라 대중 속에서 같이 호흡하는 인간이 되어야 할 것이다. 오늘날의 선비는 공리공론(公理空論)을 일삼는 관념형 인간이 아니라, 현실 의식에 투철하고 그러면서도 현실에 매몰되지 않고 현실을 보다 높은 차원으로 지향하려는 이념형 인간이 되어야 할 것이다. 유럽 사회가 기사 정신을, 일본이 무사도를 근대 속에서 새롭게 그 정신을 계승했듯이, 우리도 선비 정신을 오늘의 시민 사회 속에서 새롭게 되살리는 자각이 있었으면 하는 마음 간절하다.

−송건호, 《선비 정신》 중에서

따뜻한 가정이 신사의 거처

디킨스가 이 작품을 통해서 거듭 강조하는 신사의 개념은 개인적인 도덕성을 갖춘 사람만을 뜻하지 않는다. 디킨스는 당시의

그레이트 레이크스 극단(Great Lakes Theater)의 〈크리스마스 캐럴〉. 가족의 소중함을 일깨워 주는 이 작품은, 매년 성탄절 때 많은 극단에서 공연되는 인기 레퍼토리 가운데 하나이다.

타락한 사회를 비판하면서, 그러한 사회를 구원할 수 있는 것은 '가정'이라는 메시지를 덧붙인다. 그는 가정을 복원함으로써, 한 개인의 도덕성은 물론 사회의 도덕성도 함께 회복할 수 있다고 믿었다.

핍의 매형인 조 가저리는 이 작품 안에서 가족을 대표하는 상징적인 인물로 대변된다. 조는 그야말로 한결같은 인물로 그려지는데, 이는 그가 가정의 수호자이기 때문이다.

핍이 도덕성을 회복했다는 것, 곧 가족의 소중함을 깨달았다는 것은 프로비스에게 그의 딸이 에스텔라라는 사실을 전하는 대목에 잘 드러나 있다. 마지막으로 핍은 조와 비디가 있는 고향으로 향한다. 그곳, 가정만이 상처를 치유할 수 있는 유일한 장소이기 때문이다. 결국 진정한 신사는 스스로 노력하는 자이며, 진정으로 가족을 아끼고 사랑하는 사람이다.

작가는 핍이 신사로서 완성되는 결말을 다름 아닌 가족에게 돌아가는 것으로 설정했다. 가정만이 개인과 사회를 구원하는 궁극적인 열쇠라는 작가의 철학이 잘 나타나 있는 대목이라 할 수 있다.

희망과 절망 사이를 오고 간 작가, 찰스 디킨스

찰스 디킨스는 1812년 2월 7일, 영국 남부에 위치한 포츠머스에서 여섯 남매 가운데 둘째로 태어났다. 그의 할아버지와 할머니는 하인의 신분이었으나, 아버지 존 디킨스가 해군 회계과의 서기가 되고 좋은 집안 출신인 어머니와 결혼하면서 가문의 지위가 조금 상승했다.

그럼에도 불구하고 디킨스의 집안은 늘 가난에 허덕였다. 그의 아버지가 켄트 주에 있는 채텀의 해군 조선소에 근무했던 오년 동안이 그나마 경제적으로 괜찮은 시기였다. 학교에 다닐 수

소설보다 더 소설 같은 디킨스의 첫사랑

많은 이들이 존경해 마지않는 위대한 작가 찰스 디킨스에게도 가슴 아픈 첫사랑이 있었다. 그의 나이 열여덟 살 때, 은행가의 딸인 '마리아 비드넬'이란 여인과 뜨거운 사랑에 빠진 것이다. 하지만 현실은 냉혹하기만 했다. 디킨스와의 교제를 반대한 마리아의 부모는 신부 수업을 핑계로 그녀를 파리로 보낸다.

결국 둘의 사랑은 결실을 맺지 못하고, 그는 떠난 마리아를 기다리기로 마음먹는다. 그녀가 유럽에서 돌아온 뒤 디킨스는 끊어진 관계를 다시 이어 보려 하지만, 이미 마리아는 전혀 다른 사람이 되어 있었다. 이 일로 깊은 상처를

영화 《위대한 유산》(1998)에서 핍이 그린 에스텔라의 초상화. 에스텔라를 향한 애절한 마음이 그림 속에 잘 녹아 있다.

입은 디킨스는 사회적으로 성공하겠다는 굳은 결심을 하게 된다. 첫사랑의 아픔 때문일까. 그가 그려낸 핍과 에스텔라의 사랑 역시 그의 첫사랑만큼이나 안타깝게 다가온다.

있었던 디킨스에게도 가장 행복했던 시절이라고 할 수 있다.

1822년 런던의 캠든 타운으로 이사하면서는 지옥과도 같은 비참한 생활을 해야 했다. 아버지의 빚 때문에 디킨스를 뺀 모든 가족이 채무자가 되어 감옥에 가게 된 것이다.

디킨스는 육 개월 넘게 구두약 공장에 다니면서 비참한 생활을 이어 가던 중 다행히 할머니의 유산을 상속받아 빚을 갚을 수 있었다. 그러나 이 시기에 어린 디킨스가 겪은 절망감은 그의 일생에서 가장 수치스러운 기억으로 남게 되었다.

열다섯 살 때부터 사회 생활을 시작한 디킨스는, 변호사 사무실 사환을 거쳐 법정 출입 기자, 의회 출입 기자 생활을 했다. 그 덕분에 의회와 정당에 대한 비판적인 안목을 갖게 되었고, 사회 제도에도 깊은 관심을 갖게 되었다.

디킨스는 1833년부터 작가로서의 면모를 드러냈다. 정력적인 글쓰기로 줄기차게 작품을 발표하여 작가로서 명성을 얻은 것이다. 한편 그는 저작권이나 원고료와 관련한 문제엔 지나칠 만큼 민감하여 사업가적인 이미지를 굳히기도 했다.

그는 1836년에 캐서린 호가스와 결혼했다. 그 시절 처제인 메리 호가스도 함께 살면서 정신적인 유대 관계를 맺게 되었는데, 일 년 뒤 그녀가 갑자기 죽자 크게 상심하여 오랫동안 방황을 하기도 했다. 그러다 또 다른 처제 조지나와 함께 살면서 가까스로 마음을 추스르게 되었다. 메리와 조지나는 디킨스에게 이

포츠머스에 있는 디킨스의 생가. 지금은 박물관으로 운영되고 있다.

상적인 여성상으로서 자리 잡아, 그의 작품 세계에 많은 영향을 미쳤다.

그의 작품은 런던과 템즈 강, 주변 농촌을 배경으로 다양한 인간형과 삶의 모습을 사실적으로 보여 주었으며, 이는 대중의 큰 호응을 불러일으켰다. 이후 그는 세계적인 소설가로 성장하여 경제적으로 큰 부를 누리게 되었고, 정신적으로도 중산층의 가치관을 가지게 되었다.

그는 《가정 이야기》라는 잡지를 발행할 만큼 가정의 소중함을 예찬하는

디킨스, 그리고 그의 두 딸 메리와 케이트. 훗날 케이트는 아버지에 대해 이렇게 회고했다. "아버지는 무엇이든지 다 쓰지 않고는 못 배기는 성미였다."

소설가였으나, 정작 자신의 가정은 순탄치 않았다. 아내 캐서린과는 늘 불화에 시달렸다.

디킨스는 1842년부터 약 사 년간 영국 각지와 유럽, 미국 등을 여행하며 글을 썼으며, 잡지 편집을 맡기도 했다. 1850년에 창간한 《가정 이야기》는 판매 부수가 30만 부에 달할 정도로 잘 팔렸으며, 그 덕분에 경제적으로 안정적인 생활을 할 수 있게 되었다.

그러다가 1857년 여배우 엘렌 터넌과 사랑에 빠지면서 그의 결혼 생활은 결국 파경을 맞게 된다. 그는 가정에 대한 실망과 영국 사회에 대한 비관으로 고립된 생활을 하다가, 1858년부터 작품 순회 낭독회를 시작한다. 건강을 해치면서도 쉬지 않고 낭독회를 계속하던 그는, 1870년 6월 8일 갯즈힐에 있는 자신의 서재에서 쓰러져 다음 날 세상을 떠났다.

푸 른 숲
징 검 다 리
클 래 식
0 0 4

위대한 유산

첫판 1쇄 펴낸날 2006년 7월 31일
42쇄 펴낸날 2025년 8월 29일

지은이 찰스 디킨스 **옮긴이** 왕은철
발행인 조한나
주니어 본부장 박창희
편집 박고은 정예림 강민영
디자인 전윤정 김혜은
마케팅 김인진 김은희
회계 양여진 김주연

펴낸곳 (주)도서출판 푸른숲
출판등록 2003년 12월 17일 제2003-000032호
주소 경기도 파주시 심학산로 10, 우편번호 10881
전화 031) 955-9010 **팩스** 031) 955-9009
인스타그램 @psoopjr **이메일** psoopjr@prunsoop.co.kr
홈페이지 www.prunsoop.co.kr

ⓒ 푸른숲주니어, 2006
ISBN 978-89-7184-472-4 44840
978-89-7184-464-7 (세트)